― 書き下ろし長編官能小説 ―

# 責め好き人妻のとりこ

八神淳一



竹書房ラブロマン文庫

# 目次

この作品は、竹書房ラブロマン文庫のために
書き下ろされたものです。

# 第一章　乳首責めテスト

## 1

武田俊哉《たけだとしや》は会社の一隅《いちぐう》にある喫茶スペースで、何杯目かのコーヒーを口にした。十二階の総務室のフロアは静かだ。なにせこのフロアには、俊哉と課長の立見綾乃《たつみあやの》しかいない。俊哉だけ指名で残業を命じられて、会社に残っていた。

ここ数年の会社の方針は、なるべく残業しないように、というもので、よほどのことがない限り残業することはなくなっていた。

では、今夜がよほどのことなのかというと、そうでもない。というか別に仕事があるわけではなかった。

俊哉はS建設に入社して三年になる。この三年ずっと営業をやっていた。ようやく、営業の仕事が面白くなってきたところ、突然、総務部への異動を命じられた。

なにか失態を冒《おか》したわけではない。そもそも異動を命じられるような失態を冒すほど、大きな仕事を任されていたわけでもない。しかも異動の時期でもないのに、たった一人、俊哉だけが異動されたのだ。それが不思議だった。

総務部に異動してひとつだけいいことがあった。課長の立見綾乃が美人なのだ。しかも、巨乳で社内では有名だった。だから綾乃の部下になることが決まった時、同期からはうらやましがられた。

綾乃が喫茶スペースにやってきた。

「お、お疲れ……」

様です、という言葉が出なかった。

綾乃はニットセーター姿であらわれたのだ。さっきまではジャケットを着ていたが、着替えてきたのだ。しかもノースリーブだった。

夏でもそそるノースリーブ姿だったが、冬に見る二の腕はセクシーというより、エロかった。

しかも薄手のニットには巨乳のラインがはっきりと自己主張していた。

「あっ……」

思わず、俊哉は声をあげた。

ノーブラだ。これはノーブラだよな。

豊満なふくらみの頂点に、乳首がぽつっと張り出しているのだ。

「お疲れ」

と言って、綾乃がコーヒーメーカーをセットする。

「乳首ぽつ、珍しいかしら」

「あっ、いや、すいませんっ……いやその……すいません……」

あまりの衝撃につい見入ってしまっていた。

これはセクハラだ。まずい。綾乃はノーブラに間違いないが、乳首を出しているわけではないのだ。隠すところは隠している。それをじろじろ見ている方がまずい。

いやそうだろうか。会社でノーブラでいて乳首を主張させている方こそ、俊哉へのセクハラなのではないか。この場合は逆セクハラか。

「武田くんも、あるでしょう」

と言って、近寄ると、綾乃がノースリーブの右腕を伸ばしてきた。胸元に迫ったと思った次の瞬間、ワイシャツ越しに乳首を摘まれていた。

「あっ……」

不意をつかれ、電流のような刺激に、素《す》っ頓狂《とんきょう》な声をあげてしまう。

綾乃は妖艶《ようえん》な笑みを浮かべ、もう片方の乳首もワイシャツ越しに摘まんでくる。左右同時にころがしてくる。

「あっ、ああ……立見課長……」

俊哉はなんとも情けない声をあげてしまう。

「ほら、乳首ぽつ、わかるわよ」

ワイシャツから手を引き、綾乃が言う。見ると、確かに勃起《ぼっき》した乳首が浮き上がっている。

「おあいこね」

「すいません……」

乳首を勃《た》たせてしまって、なぜか俊哉は謝っていた。

「私、残業していたら、胸がきつくなってくるのよ。夜になると、ぱんぱんに張ってくるの。どうしてかしら」

確かに綾乃の胸元はぱんぱんに張っていた。ニットゆえに、余計に魅惑の曲線が強調されて見える。Cカップくらいの女性でもニットを着ると、やけに胸が目立つのだ。巨乳がノーブラで着れば、破壊力抜群だった。

綾乃がまたワイシャツに手を伸ばしてきた。また乳首を摘まれるのかと思ったが、違っていた。というか、乳首摘まみどころではなかった。

ボタンを外しはじめたのだ。

「えっ、課長……これは……」

なんですか、と問う前に、次々とボタンが外されていく。

俊哉は女性課長にされるがままだ。これが逆だったら、大変なことだが、どうしてなのか、美人の上司が男の部下にやっても問題という気にならない。

むしろ問題どころか、俊哉の身体は反応してしまっていた。ブリーフの中はこちこちになっている。綾乃はバストがきついと言っていたが、俊哉は股間が苦しくなっていた。

あっという間にワイシャツのボタンがすべて外された。前をはだけると、Tシャツ越しに俊哉の乳首が張り出る。

男の身だが、あまりに乳首が服から浮いてしまうのが、恥ずかしいと思ってしまう。

Tシャツ越しに摘まんでくるのかと思ったが、違っていた。

綾乃はTシャツの裾を摑《つか》むと、ぐっとたくしあげた。そして胸板を露わにさせると、手のひらで撫でてきたのだ。

「あっ……」

とがった乳首を手のひらでこすられ、俊哉はまた声をあげてしまう。

「反応いいのね」

「すいません……」

「ううん。悪いことじゃないわ。反応いい方が、女の子も喜ぶでしょう」

「それって、彼女って、ことですか」

「そうよ」

と言いつつ、綾乃は夜の喫茶スペースで部下の胸板を撫で続けている。

「か、彼女はいません」

「あら、そうなの。いつからかしら」

「ずっとです」

「やっぱりそうなのね」

「えっ……」

「いえ、なんでもないわ。じゃあ、こういうの、初めてよね」

と言うなり、綾乃が俊哉の胸板に美貌を埋めてきた。とがったままの乳首を唇に含み、ちゅっと吸ってくる。

「ああっ」

不意をつかれ、思わず、声をあげてしまう。

綾乃はちゅうちゅう乳首を吸ってくる。吸い方が上手《うま》い。というか、初めて吸われるから、上手いかどうか比較出来ないが、とにかく、気持ちいい。

綾乃が右の乳首から顔を上げた。とがったままの乳首が、綾乃の唾液《だえき》まみれになっている。初めて俺の身体に異性の唾《つば》がついた。

綾乃はすぐさま、左の乳首に顔を埋めてくる。唇に含み、吸いあげられる。と同時に唾液まみれにさせた右の乳首を指で摘まみ、ころがしてきた。

「ああ、ああ、それ……いっしょ……いい……」

またも恥ずかしい声をあげてしまう。

彼女いない歴二十五年。そうなるとオナニーの達人となっていくのだが、数年前からＡＶで〝乳首もの〟というジャンルが増えてきた。男優の乳首を女優が長めに責めるものだったが、それを見ながら、自分で乳首をいじっているうちに、なんとなく、いいな、と思うようになった。

なんとなくだ。ペニスのようにしごけば気持ちよくなるのとはちょっと違う。

ＡＶの中では、男優が、ああんっ、と気持ち良さそうな声をあげているが、あれはた。

演技だ。AVだから、男優がオーバーに感じているふりをしているだけだと思ってい

が、今、リアルに経験して、本物の美人課長に乳首を吸われ、俊哉は間違いなくゾクゾクする性感を覚えていた。

「あ、ああ……」

今も、女の子のような喘《あえ》ぎ声をあげてしまっている。

自分の指でいじっても、なんとなく良い、くらいにとどまるが、女性に吸われたら
強烈に感じるんだ、と気がついた。

綾乃は乳首を吸いつつ、右手をスラックスのベルトに伸ばしていった。ベルトを緩《ゆる》
め、スラックスを下げていく。

「あっ、なにするんですかっ」

あっさりとスラックスを下げられ、ブリーフの上から股間をまさぐられた。

「ああっ」

それは乳首吸いの快感とは比べものにならなかった。直接的な快感だった。

綾乃が胸板から美貌を上げた。

乳首を責めることで昂《たか》ぶるのか、頬《ほお》が上気している。俊哉を見つめる瞳《ひとみ》も、妖しく

潤《うる》んでいた。

その目で、ブリーフを見やる。

「あら、我慢汁すごいわね」

と言った。

今日はグレーのブリーフだった。しかも生地が薄めの上質なやつだ。グレーで生地《きじ》が薄くて柔らかい分、鎌首《かまくび》が当たっている先頭の染みが露骨《ろこつ》にわかった。

「すいません……」

またも謝る。

「乳首舐《な》められただけで、すごいわね。そんなに良かったかしら」

「すいません……」

俊哉は謝るしか思いつかない。

「見ていいかしら」

「えっ……」

「武田くんのおち×ぽ、見ていいかしら」

と聞きつつ、綾乃がその場にしゃがむ。

綾乃の前に、テントを張ったブリーフが迫る。

「ああ、もうエッチな匂いがするわ。童貞くんの匂いね」

「ど、童貞の匂いって、あるんですかっ」

「あるわよ」

そう言って、くんくんとブリーフ越しに、綾乃が匂いを嗅いでくる。

「青臭いの……ああ、それがいいのよ」

綾乃は三十四才。人妻だった。夫は商社マンだと聞いている。

そうだ。人妻なのに、夫以外のペニスの匂いを嗅いでいていいのかっ。

「課長、いいんですか」

「なにが」

「だからその……ご主人がいらっしゃいますよね」

「いるわよ」

と答えつつ、見ちゃおう、と綾乃はブリーフを剝《む》くように下げた。

## 2

弾《はじ》けるように勃起したペニスがあらわれた。勢いがつきすぎて、綾乃の小鼻を叩いていた。

「あんっ、すごいわ」

ペニスで小鼻を叩かれても、綾乃は怒ったりしない。むしろ、うれしそうだ。

「なかなか、いいものを持っているわね、武田くん」

反り返ったペニスをまじまじと見て、綾乃がそう言う。

「そうなんですか。僕のち×ぽ、いいんですか」

「いいわね。先っぽの太さといい……」

と言って、先端をなぞってくる。

「ああっ……」

と俊哉は腰をくねらせる。

「胴体の太さといい……」

と言って、反り返った胴体をなぞり、そして摑んでくる。

「はあっ、硬いわ」

先端には我慢汁がにじんでいる。それがとても恥ずかしい。と同時に、勃起させたいちもつを美人課長に褒められ、うれしくもある。

なんせ生まれて初めて勃起させたペニスを、異性に見られているのだ。女性に気に入ってもらえるものなのか、これまではわからなかったが、綾乃に褒められると自信になる。

「味はどうかしら」

と言うなり、綾乃が先端を舐めてきた。ぺろりと我慢汁を舐めてくる。

「ああっ、課長っ」

先っぽを美人上司に舐められ、俊哉はからだを震わせる。気持ちいい。二十五年間、想像していたよりも、遙かに気持ちいい。

「美味《おい》しいわ、武田くん」

「そうなんですか……あの、不味《まず》そうな気がするんですけど……我慢汁で美味しいとかあるんですか」

「もちろんあるわよ。あなたのは美味しいわ。なんて言うか、股間にぐっとくる味ね。合格よ」

「えっ、合格って……」

「なんでもないわ。うれしいから、ちょっとだけ咥《くわ》えてあげる」

と言うなり、綾乃がぱくっと鎌首を咥えてきたのだ。

「ああっ、課長っ」

あまりに気持ちよくて、咥えられた瞬間、暴発しそうになった。それはどうにか、ぎりぎり免《まぬが》れた。

綾乃はくびれまで咥えると、強く吸ってくる。鈴口から出てくる我慢汁を啜《すす》り取る感じだ。

「ああ、あんっ……ああ……あんっ……」

と俊哉は女の子のような声をあげてしまう。そんな部下を、綾乃は鎌首《かまくび》を吸いつつ、観察するように見あげている。

そうだ。さっきから吟味《ぎんみ》されている。合格って、言っていた。合格ってなんだ。これはなにかの試験なのか。上司が部下のち×ぽを咥える試験なんて、この世にあるのか。

そんなことを考えていると、どうにか暴発させずに済んだ。

綾乃は唇を引き、立ち上がると、再び乳首を摘まんできた。

「あっ……」

「いい反応よ。おち×ぽもひくひくしているわ」

綾乃が言うとおり、乳首を摘ままれペニスが反応していた。啜り取られたはずなのに、あらたな我慢汁がどろりと出てくる。

「じゃあ、仕事に戻りましょうか」

と言うと、綾乃は乳首から手を引き、コーヒーカップを手に喫茶スペースから去っていった。

綾乃はタイトスカート姿だった。一歩足を運ぶたびに、ぷりぷりうねるヒップラインを見送りつつ、俊哉は思わず暴発しそうになっていた。


どういうことなのだろう。

俊哉は終電に駆け込み、座席に座ると、ため息をつく。

綾乃の手でち×ぽを出された時、ついに、男になる時が来たのだと思ったのだ。

なぜなのかまったくわからないが、綾乃に気に入られ、オフィスラブの相手として選ばれて、残業を命じられたのだと思ったのだ
が、綾乃に勃起したち×ぽの形を観察され、我慢汁を舐められて、それで終わりだった。

あれから普通に残業し、終電が近くなったから、解散となったのだ。

わからない。童貞だと答えた時、綾乃は、やっぱりそうなのね、と言っていた。なにより、我慢汁を舐められた時の「合格」という言葉が気になる。

合格というのは、なにかの試験があっての結果だ。さっきの喫茶スペースでのことは、試験だったのか。

単純にモテたとはまったく思わない。二十五年の間、モテなかったのだ。いきなり美人の、しかも人妻の上司にモテるなんてありえない。

じゃあ、なんだ。

理由はわからなかったが、しかし、フェラがあんなに気持ち良かったとは。鎌首を吸われただけで、フェラとは言えないかもしれないが、ち×ぽを吸われたことは間違いない。

思い出して、ついにやけていると、正面に座っているOL風が怪訝《けげん》な顔をした。

違うんだ。あなたじゃないんだっ。課長のフェラを思い出してにやけているんだ。

ノーブラのニットもたまらなかった。ああ、勃起してしまった。どうにかブリーフで押さえつけているから、真正面のOLに勃起までは知られないだろうが、押さえつけているのはそれはそれでつらい。

解放したい。綾乃の鎌首吸いを思い出しながら、ノーブラニットの乳首浮きを思い出しながら、思いっきりしごきたい。

垂《た》れ袋が空になるまで出し切りたい。

次の駅に着いた。終電じゃなかったら、この駅で降りて、トイレでしごくのだが、降りるわけにはいかない。真正面のＯＬは降りていった。

すぐにまた正面に女子大生風が座る。ニットのセーターだった。かなりの巨乳でバストがいやでも目立っている。

それを目にした瞬間、暴発しそうになった。電車の中でニットのバストを見ただけで暴発するなんて、中学生でもやらないだろう。

まあ、ずっと童貞のままだったから、女経験のなさは中学生と変わらないか。

俊哉はそう自嘲しつつ、ニットバストからどうにか視線をそらした。が、すぐにまた視線を戻してしまう。女子大生風はずっと携帯を見ていて、俊哉の視線には気づいていない。

あれ、あれは、乳首浮きしているんじゃないのか。もしかしてノーブラか。いや違うか。どうにも、綾乃の乳首浮きを見てから、みんな乳首が浮いているように見えてしまう。

自宅アパートがある駅に着いた。俊哉はどうにか暴発せずに、電車を降りた。

駅からアパートまでは徒歩十分。それがやけに長く感じられる。勃起は収まらず、歩いているだけで、先端がブリーフにこすれて、出しそうになっていた。

電車の中でニットバストを見ているだけで射精するのも最悪だったが、歩きながら射精するのはもっと最悪だった。

どうにか、自室にたどり着くなり、俊哉はスラックスとブリーフを下げると、綾乃のフェラとノーブラバストを思い浮かべながら、しごいた。

すぐに射精した。

「おう、おうっ」

と深夜のアパートの中で、雄叫《おたけ》びをあげて、俊哉は射精し続けた。

## 3

翌日も、綾乃課長はいつもと変わらなかった。

俊哉をエロい目で見つめてくるわけではなく、いつもと変わらず、仕事をしていた。当たり前といえば当たり前だったが、変わらぬ綾乃を見ていると、昨晩のことは、妄想だったのではないか、と思ってしまう。

なにせ、二十五年間童貞なのだ。こじらせすぎて、ついにリアルっぽい妄想を抱いて、しごきまくるようになっただけなのではないか。

結局、昨晩は三発出した。それでも出しきった感はない。

今も仕事中なのに、他の社員と立って話している綾乃課長を見ているだけで、股間が疼《うず》く。

今日も綾乃はジャケットの下はニットだった。豊満なバストラインがたまらない。

「武田くん。ちょっと」

と綾乃が俊哉を呼んだ。声を掛けられただけで、一気に勃起してしまう。まずいと思ったが仕方がない。

「なんですか、課長」

「備品の点検をしてきてくれないかしら」

「備品の……点検……」

そんなこと、今する必要があるのだろうか？　と不思議に思って綾乃を見たが、じっと見つめ返され、ぺろりと唇を舐める姿を目にして、

「わかりましたっ」

と大声をあげていた。

パソコンのディスプレイに向かっている社員たちが、なにごとか、とこちらを見る。

馬鹿ね、と綾乃の唇が動く。

そんな綾乃を見て、俊哉は妄想を加速させ、我慢汁を漏らしていた。

総務部のフロアを出て、備品室に向かう。あとから綾乃が来る。備品室で、フェラしてもらえる。もしかして、エッチまでも……。

オフィスラブがはじまるのか。しかも昼間の就業時間中に。

期待に胸を高鳴らせつつ、備品室に入る。ひんやりとした空気の中に棚が並び、文房具が入った箱が置かれている。

待つほどなくドアが開かれ、綾乃が入ってきた。内側から鍵を閉める。

その音を聞き、またも我慢汁が漏れた。

「なにぼうっと立っているのかしら。備品の点検をおねがいしたはずよ」

と言いつつ、綾乃がジャケットを脱ぐ。

今日もまた、ノースリーブだった。備品室で見る綾乃の白い二の腕は、また格別だ。

しかも、両腕を上げて、背中に流れた黒髪をまとめあげはじめたのだ。

当然のこと、腋《わき》の下があらわれた。

「か、課長……」

就業時間中、二人きりの密室で見る綾乃の腋の下はエロティック過ぎた。

「どうしたのかしら。腋、珍しいかしら」

綾乃は両腕を上げたまま、止めて見せる。最高の上司じゃないか。

「は、はい……腋……腋……」

人妻課長の腋の下は、エロスの薫りがする。

思わず、俊哉は数歩前に出ていた。

「なにしているの。点検をしなさい」

と言いながらも、綾乃は両腕を上げたままだ。腋の下を部下に晒《さら》したままだ。

これは顔を埋めていい、という合図ではないのか。そう勝手に解釈して、俊哉は、すいません、と言うなり、綾乃の右の腋の下に顔を寄せていった。

綾乃は逃げなかった。腕も下げなかった。

右の腋の下に顔が到達した。鼻を押し付ける。

甘い薫《かお》りが俊哉の顔面を包んでくる。時折、すれ違った時に薫る、綾乃の匂いだ。いい香水だと思っていたが、違っていた。香水ではなく、綾乃の腋の下から薫っていた匂いなのだ。

「ああ、課長っ」

俊哉はぐりぐりと顔面を腋の下に押し付け続ける。

するとワイシャツ越しに乳首を摘まれた。

「あっ……」

　せつない刺激を覚え、俊哉は声をあげる。

　綾乃は右の腋の下を部下に晒しつつ、左手で部下の乳首を責めてくる。

　俊哉は乳首をいじられながら、綾乃の腋の下の匂いをじかに嗅ぎ続ける。

「ああ……ああ、嗅ぎ方がエッチね……ああ、やっぱり初めてだからかしら。飢えているのかしら」

「初めてです……ああ、飢えてます……ああ、課長っ」

　再び、右の腋の下に顔を埋めようとしたが、綾乃は右腕を下げた。俊哉の前から魅惑の腋のくぼみが消える。

　こちらから二の腕を摑み、腕を上げさせる勇気はない。

　綾乃が見せつけてきたから顔を埋めただけで、俊哉のほうから、見させろ、と動く決心はつかなかった。

　そんな部下を見て、綾乃は満足そうな笑みを浮かべる。

「もっと別のところの匂いを嗅ぎたくないかしら」

「もっと、別の……ところですか……」

　今日の綾乃はニットに下はスカートだった。ややタイトのミニ丈《たけ》で、膝小僧がのぞいている。

綾乃がスカートの裾を摑んだ。そして、部下の見ている前でたくしあげはじめる。

「か、課長……」

ストッキングに包まれた太腿があらわれる。

そのストッキングが太腿の半ばで途切れ、いきなりむちっと熟《う》れた白い肌があらわれた。

綾乃はストッキングをガーターベルトで吊っていたのだ。

人妻課長のガーター姿はセクシー過ぎた。

綾乃はさらにスカートの裾をたくしあげていく。

パンティがあらわれた。白だ。が、清楚《せいそ》な白ではなく、妖《あや》しい白だった。

透け透けなのだ。

恥毛は薄く、パンティのシースルーフロントから割れ目まで見えていた。

「課長……」

あまりに刺激的な眺めに、俊哉は二十五にして、鼻血を出しそうになった。

こんなエロい格好《かっこう》で、まじめな顔をして仕事をしていたのか。信じられない。

「なにぼうっと立っているのかしら。やることがあるでしょう」

「す、すいません……あ、あの……脱がせるんでしょうか」

と俊哉は綾乃課長に聞く。なんでも課長にお伺いを立てないと動けないタイプだ。

「脱がせて……武田くん」

「はいっ」

俊哉は綾乃の足元にしゃがんだ。すると、シースルーパンティが貼り付く恥部が、迫ってくる。

甘い薫りが漂《ただよ》ってきている。腋の下の匂いとはまた違う。腋より、もっと直接的に股間に来る匂いだ。

「失礼します」

と言い、手を伸ばす。課長のパンティに手を掛ける。指が震えている。

「可愛いのね、武田くん」

見あげると、愛《いと》おしむような目で見下ろしている。

いい年をして指が震えてしまうのは、恥ずかしいと思ったが、違っていた。これでいいのだ。むしろ、こんな俊哉だから、好まれている気がした。

俊哉はパンティを剝《む》くように下げていく。

すると、抑《おさ》えられていた恥毛がふわっと露わになる。恥丘にひと握りの陰りがあるだけで、人妻の割れ目が剝きだしになった。

これが、綾乃課長のおま×この入り口。

「開いて、武田くん」

と綾乃が甘くかすれた声で命じてくる。

「はい、開かせて、頂きます」

と答えると、俊哉は綾乃の割れ目に指を添えていく。その指がぶるぶる震えている。止まらない。

俊哉はそのまま、割れ目をくつろげていく。

ピンクの花びらがあらわれた。

「ああ、課長っ」

ネットでおま×こは数え切れないくらい見たことはある。だから、赤身がかった花びらかと勝手に想像していたが、違っていた。

綾乃課長の花びらは、とても清廉《せいれん》なピンク色だった。この色だけを見れば、とても人の妻のおま×ことは思えなかった。

が、色はピュアだったが、動きがエロかった。

幾重《いくえ》にも連なった肉のヒダヒダが、部下に見られて蠢《うごめ》いている。見ていると、すうっと引き込まれそうになる。穴に頭ごと入れたくなる。

「どうかしら、初めて見る、リアルなおま×こは」

綾乃課長の口からおま×ことという四文字を聞き、俊哉は下半身を震わせる。

「綺麗です。ピンクです、すごいピンクです」

「あら、土留《どど》め色だと思っていたのかしら」

「思ってませんっ」

俊哉は激しくかぶりを振る。

俊哉は鼻をくんくんさせる。おま×この匂いが鼻孔から身体の中に入ってくる。全身の細胞という細胞が、綾乃のおま×この匂いに染まっていく。

「顔、押し付けたいんじゃないのかしら」

「押し付けたいです」

と言いつつも、俊哉は自分から勝手に押し付けたりはしない。濃厚な匂いに誘惑されながらも、従順な飼い犬のように、飼い主の命令をじっと待っている。

その間にも、さらにじわっと愛液がにじみ、おま×この匂いが濃くなってくる。肉《にく》襞《ひだ》のざわめきが、より激しくなる。

「ああ、武田くんの目……すごくいいわ……すごく感じるの……エッチしたら、この飢えた感じはなくなってしまうのかしら」

「エ、エッチっ……」

もしかして、ここでするのか。ここで、俺は男になるのかっ。

「顔、押し付けなさい」

と綾乃課長が命じる。

「はいっ、課長っ」

と返事をするなり、勢いよく、顔面を綾乃の花びらに押し付けていく。

顔面が牝《めす》の匂いに包まれる。思わず、暴発しそうになる。ぎりぎり耐えた。昨晩のことがあったから、どうにか耐えられた。今日が初日だったら、間違いなくブリーフを汚していただろう。

「う、ううっ」

俊哉は獣のようなうなり声をあげて、綾乃の花びらに顔面をこすりつけ続ける。

「あ、ああ……ああ……いいわよ……いいわよ、武田くん」

総務に来て、仕事で褒《ほ》められたことはなかったが、こちらでは褒められていた。

「はあっ、ああ、舐めたいかしら」

俊哉は顔面を押し付けたまま、うなずく。一秒でも、顔面を媚肉《びにく》から離したくない。

「横着しないで、ちゃんと返事をしなさいっ」

と綾乃がどなる。

「申し訳ありませんでしたっ。舐めたいですっ、課長のおま×こ、舐めたいですっ」

あわてて顔を引き離し、俊哉は剝き出しの花びらに向かって、そう言った。

「よし、舐めなさい、武田くん」

「はいっ、課長っ。ありがとうございますっ」

俊哉は舌を出すと、綾乃の肉の襞を舐めはじめた。

## 4

ねっとりと愛液が舌にからんでくる。

綾乃の愛液は濃厚だった。初めて舐めるから、比較するものがなかったが、それでも、濃厚だと感じた。

「課長っ、課長っ」

俊哉は息を荒げて、肉の襞を舐めていく。

「あっ、ああ……そうよ……いいわ……そうよ、武田くん」

花びらを舐めるたびに、綾乃がぴくっと腰を動かす。感じているのがわかる。

俺が、二十五年間童貞だった俺が、美人人妻課長をクンニで感じさせているぞっ。

これは、仕事で手柄を立てるより、もっと男としての自信となった。

さらにぺろぺろと舐めていく。

「ああ、いいわ……上手よ」

そうですかっ。上手ですかっ。もしかして、俺にはクンニの才能があるのかもしれない。これまで女性に縁《えん》がなかったから、その才能を発揮する場がなかっただけなのかもしれない。

「クリも……ああ、おま×こだけじゃなくて、クリも舐めてみて」

俊哉はいったん顔を引き、

「はい、課長っ」

ときちんと返事をした。

「いい子よ」

と綾乃が頭を撫でてくる。ぞくぞくっとした。

「失礼しますっ」

と声を掛け、俊哉は綾乃の恥部に顔を寄せていく。クリトリスはわかった。割れ目が剝き出しだから、クリトリスも露わになっていた。童貞でもわかる。

そこに向けて舌を出していく。

その時、ＡＶの一場面が浮かんだ。すぐに舐めないで、じらすシーンだ。褒められて調子に乗っていた俊哉はＡＶ男優の真似をしてみることにした。じらして、綾乃からはやく舐めてっ、と言わせるのだ。

俊哉は舌先をクリトリスに向けた。ぷくっととがっている。

そこを舐めるふりをして、宙を舐める。

何度か繰り返し、ちらりと綾乃を見あげる。すると、鬼のような顔で俊哉を見下ろしていた。

「申し訳ありませんっ」

と謝り、俊哉はぺろりとクリトリスを舐める。すると、

「はあんっ」

と綾乃が敏感な反応を見せた。

これはいいぞ、と俊哉はぺろぺろ、ぺろぺろと綾乃の急所を舐め上げる。

「はあっ、ああ……あんっ、やんっ……」

やはり、女性はクリトリスがなにより感じるようだ。

「吸って……武田くん」

命じる綾乃の声が甘くかすれている。

はいっ、と俊哉はクリトリスを口に含むと、じゅるっと吸っていく。

「ああっ、あんっ」

綾乃の下半身ががくがくと震える。女性を感じさせることが、こんなに興奮するとは。

俊哉はちゅうちゅう吸い続ける。

「ああ、いいわよ、指を入れて。吸いながら、指をおま×こに入れて。ああ、人差し指がいいわね」

入れる指まで指示してくれる。指示待ちの部下としては最高の上司だ。

俊哉はクリトリスを吸いつつ、人差し指を綾乃の中に入れていく。

熱い。しかも、さっきよりどろどろだ。肉の襞が俊哉の指にからみついてくる。

「奥まで入れて」

と綾乃が指示する。俊哉は言われるまま、奥まで人差し指を入れていく。

「ああ、搔《か》き回して」

はい、と俊哉は人差し指で、美人課長のおんなの穴を搔き回していく。

「口が遊んでいるわよっ。同時、なんでも同時にやるのっ。わかったかしら」

はいっ、と強くクリトリスを吸う。吸いつつ、激しく掻き回す。ぴちゃぴちゃと蜜が弾け、俊哉の顔を濡らしていく。

「あ、ああっ、いいわよ。上手よっ。初めてとは思えないわっ」

そうなんですね。

「筋《すじ》がいいのねっ」

そうなんですね。知りませんでした。エッチテクの筋がいいと、綾乃課長に褒められた。俺は褒められて伸びるタイプだ。

もう一本、指を入れたかったが、ぐっと我慢する。調子に乗ってはいけない。あくまでも、課長の指示を受けてからだ。

「はあっ、あんっ……ああ、ああ……なんか……ああ、いきそうだわ」

綾乃が就業時間中に、備品室で気をやるというのか。

クリ吸いにさらに力が入る。もう一本、指を増やしたい。綾乃の媚肉はどろどろで、もう一本は軽く入りそうなのだ。二本でいじった方が、きっといきやすいはずだ。

でもまだ、指示がない。

指示をっ、課長、部下にご指示をっ。

「ああ、いけそうで、いけないわ……」

綾乃がむずかるような声をあげる。

腰はずっとくねっている。

「武田くんっ、二本にしてっ。中指を加えてっ」

了解です、綾乃課長っ。

待ってましたとばかりに、俊哉は中指も綾乃の中に入れていく。

「あうっんっ」

おま×こがきゅきゅっと締まる。

俊哉は奥まで中指も入れると、二本の指で掻き回していく。

「いい、いいっ、そうよっ、それよっ、ああ、上手っ、上手よっ、武田くんっ」

綾乃の声が備品室に響く。廊下に洩《も》れていないだろうか、と心配になる。

「指の動きが小さくなったわっ、なに、びびっているのっ。ここよっ、ここが女の責め時なのよっ」

「うううっ」

クリを吸いつつ、すいません、と謝る。そして、二本の指でずぶずぶと媚肉を責める。

「あ、ああっ、いきそう……ああ、いきそうなのっ」

いってくださいっ、綾乃課長っ。部下の口と指責めでいってくださいっ。

「ああ、ああっ、い……いく……いくいくっ」

綾乃はいまわの声を絶叫し、がくがくとそこだけ丸出しの下半身を痙攣《けいれん》させた。当然、おま×こも痙攣して、くいくいと俊哉の指を締めてきた。

**5**

「あんっ……」

がくっと綾乃が膝を折った。

恍惚《こうこつ》の表情の綾乃の美貌が迫る。綾乃ははあはあと荒い息を吐《つ》いていたが、俊哉のあごを摘まむと、口を奪ってきた。ぬらりと舌が入ってくる。

「うんっ、うっんっ」

火の息が吹き込まれる。初キスだっ。

「ああ、良かったわ。とても上手だったわ、武田くん」

「ありがとうございます」

「これに磨《みが》きをかけないとね。そうねえ。これから一日二回は、武田くんの口と指でいかせてもらおうかしら」

「一日、二回、ですか」

「そうよ。これは課長命令よ」

「わかりました」

素晴らしい課長命令だ。常にこんな命令だったら、会社はパラダイスだったが。

「私ばかり気持ちいいのはあれだから、武田くんに、ご褒美をあげるわ」

「ご、ご褒美、ですか」

股間が疼く。

「おち×ぽ、出しなさい」

はいっ、と立ち上がると、俊哉はすぐさまスラックスのベルトを緩め、ブリーフといっしょに下げていった。

弾けるようにびんびんのペニスがあらわれる。当然のことながら、先端は我慢汁まみれだ。

「あら、すごいのね」

と言うなり、綾乃がぱくっと鎌首を咥えてきた。じゅるっと吸うと、そのまま根元まで呑み込んでいく。

「あ、ああ、課長……」

俊哉は腰をくなくなさせる。いかせた後だからだろうか。昨晩より、よりねっとりとしゃぶられている。

綾乃の唇の上下動がはじまる。

「うんっ、うっんっ、う、うんっ」

悩ましい吐息を洩らしつつ、綾乃が部下のち×ぽを貪《むさぼ》り食ってくる。

「ああ、課長、だめですっ」

なにがだめなの、という目で、綾乃が咥えたまま見あげてくる。その妖しく潤んだ瞳を見た途端《とたん》、俊哉はあっけなく暴発させていた。

「おうっ」

と間違いなく廊下に届くような雄叫びをあげて、どくどくと射精した。

驚くことに、ティッシュの心配をせずに出していた。こんなことは風呂場以外では初めてだ。

しかも女性の穴に出しているのだ。おま×こではなく、口だったが、それでも童貞男には最高のことだった。

「おう、おうっ」

さらに雄叫びを上げ続け、綾乃課長の口に出し続ける。なかなか脈動が収まらない。二十五年もの間、溜まりに溜まった欲情を、すべて吐き出していた。

「う、うぐ……うう、うんっ……」

綾乃はまったく唇を引くことなく、従順な部下の飛沫《しぶき》を喉《のど》で受け続けている。

ようやく、脈動が収まった。

我に返った俊哉は課長相手に大変なことをやらかしたことに気づく。

「課長っ、申し訳ありませんっ」

と叫び、俊哉はあわててペニスを唇から引いていく。精液まみれのペニスは、大量に出したにも関わらず、まだ勃起したままだ。

「これに出してくださいっ」

下げたスラックスのポケットからハンカチを取り出し、綾乃に渡そうとする。

綾乃はかぶりを振り、立ち上がると、俊哉が見ている前で、ごくんと喉を動かした。

大量過ぎて、一度で飲み干せなかったのか、もう一度、ごくんと白い喉を動かす。

「か、課長……まさか……飲んだんですか……」

綾乃はうなずき、口内発射を受けたＡＶ女優のように、俊哉の目の前でかぱりと唇を開いて見せた。

あんなに出したはずの精液は、一滴《いってき》たりとも綾乃の口に残っていない。綺麗なピンクの粘膜だけがあった。

「たくさん出たね」

と綾乃が言う。なにか、彼女が彼氏に向かって言うような口調だった。

「す、すいませんっ、なんてことをっ」

俊哉は彼氏ではないから、謝るしかない。

「ご褒美、喜んでもらえたかしら、武田くん」

「喜びましたっ、喜びすぎました、課長っ」

感動しすぎて、日本語が変になっている。

「良かったわ。美味しかったわよ、武田くんのザーメン」

「課長っ、一生、ついていきますっ」

うふふ、と綾乃が笑い、下を見る。

「あら、もうこんなになっているのね」

と勃起したままの精液まみれのペニスを、綾乃がつかみ、しごいてくる。

「ああっ……課長……」

「まだ溜まっているのね。いいわ。こんなにすぐ勃つなんて、最高のおち×ぽじゃないの」

綾乃は満足そうにペニスを見つめつつ、白い指でしごき続けた。

「あ、ああ……あんっ……」

出したばかりのペニスに刺激を受けて、俊哉は腰をくねらせ続けた。

6

翌日。午前中に一回、またも備品室で、綾乃のクリトリスと花びらを舐めて、いかせた。その時、ご褒美はなかった。

午後、トイレで用を済ませ、出ようとすると、綾乃が入ってきた。

「あっ、課長……」

綾乃は洗面台へと押しやりつつ、俊哉の口に唇を押し付けてきた。ぬらりと舌を入れてくる。

「う、うう……」

いきなりのトイレでのキスに、俊哉は狼狽《うろた》える。いつ、誰が入ってくるのかわからないのだ。

どうしてトイレなんかで。備品室があるじゃないか、と思いつつも、俊哉も舌をからめていく。

綾乃はキスを続けつつ、スラックスの股間を掴んできた。

「ううっ……」

綾乃が唇を引いた。

「出しなさい」

と言う。

「えっ、こ、ここで、ですか」

「そうよ。いつでもどこでも、すぐに勃つかどうか、試験しているの」

「これは、試験なんですか」

「そう」

「あの、いったい、なんの試験なんですか。教えてください」

「ち×ぽ出しなさい。勃起してたら合格よ」

綾乃は質問に答えることなく、命令を繰り返した。

勃起している自信はある。就業時間中のトイレであっても、綾乃とキスした瞬間、びんびんになったのだ。

俊哉はスラックスのベルトを緩めると、ブリーフといっしょに下げていった。弾けるようにがちがちに硬直したペニスがあらわれる。

「すごいわね。よくトイレでこんなにさせるわね」

「すいません……」

「キスしただけで、こんなに勃つのかしら」

「はい。勃ちます」

「よくわかったわ。じゃあね」

と言うなり、綾乃はトイレから出て行った。

「えっ……課長……」

ひとり残された俊哉のペニスはずっと反り返ったままだった。


退社時間が来た。てっきり、午後にもう一回、備品室でおま×舐めを命じられると思っていたのに、まだその指示はない。

悶々としたまま、夕方を迎えていた。声が掛かるのを待ったが、なにもないまま業務時間は終わってしまった。

お疲れ様です、と綾乃課長に告げて、会社が入ったビルを出る。

あたりが夕闇に包まれる中、駅へと向かっていると、クラクションが鳴らされ、タクシーが俊哉の前で止まった。後部のドアが開くと、中に、綾乃が乗っていた。

綾乃はノースリーブのニットにミニスカート姿だった。座席に座っているために、ミニがかなりたくしあがり、パンストなしの生足が大胆に露出していた。

それを見ただけで、俊哉は勃起させていた。

「武田くん、なにぼうっと見ているの。乗りなさい」

「はいっ。失礼しますっ」

と俊哉はあわててタクシーに乗り込んだ。タクシーが発車すると共に、綾乃がスラックスの股間に手を伸ばしてきた。ぎゅっとペニスを摑んでくる。

「うう……」

「勃っているわね。いつから勃っているのかしら」

「今、課長を見てすぐです」

「よろしい。じゃあ、舐めて」

と綾乃がミニの裾をさらにたくしあげた。

「おうっ」

とタクシーの中でうなった。いきなり、綾乃の恥部が露わとなったのだ。

なんと綾乃課長はノーパンでミニスカートを穿《は》いていたのだ。

「なにしているの。すぐに舐めなさい」

「失礼しますっ」

俊哉はタクシーの中でも関係なく、いきなり綾乃の恥部に顔を埋めていった。

濃厚な牝の匂いに顔面が包まれ、俊哉の方がいきそうになる。

俊哉は舌を出して、剝き出しにさせた花びらを舐め上げた。

「あんっ……」

綾乃が甘い声をあげる。なぜか運転手は、後部座席を気にする様子もなく、急速に暗くなってきた都心を走り続けている。

俊哉は一心不乱に舐めていく。

「ああ、いいわ……ああ、タクシーの中って……ああ、どうしてこんなに感じるのかしら」

と綾乃が言う。初めてではないようだ。

「指、二本入れていいわよ、武田くん」

俊哉は顔を上げると、指示通り二本の指を入れていく。綾乃のおんなの穴は、いつも以上にどろどろのぬかるみ状態だ。

それを二本の指で掻き回す。

「ああ、いいわ。クリ吸って」

と綾乃が次の命令を下す。はいっ、と掻き回しつつ、クリトリスにしゃぶりつく。強く吸うなり、

「い、いくっ」

とはやくも綾乃はいまわの声をあげた。

「良かったわ。じゃあ、おち×ぽ出して」

と火の息を吐きつつ、綾乃が言う。

「えっ、ここで、ですか」

すでに周囲は夜になっている。が、タクシーの中を見ようと思えば、他の車や歩道からでも見えるはずだった。

「私はおま×こ出しているのよ。出せないって言うのかしら」

妖しく絖《ぬめ》っていた瞳が、いきなり冷静になり、鋭くにらみつけてくる。

まずいっ。いきなり不合格になってしまうっ。

「もちろん、出します」

勃起はしていた。が、さすがにタクシーの中で出すと、萎《な》えてしまいそうな気もしたが、そんなことを心配している場合ではない。

俊哉はスラックスのベルトを緩めると、いつも通り、ブリーフといっしょに下げた。弾けるようにペニスがあらわれた。タクシーの中で露出させても関係なく、見事に反り返っている。

「ああ、素敵よ、武田くん」

勃起したペニスを見て、綾乃が褒める。

タクシーが止まり、着きました、と初老の運転手が動じる様子もなく言う。

どういう運転手なのだろう。もしかして、こういう需要に応えるタクシーなのか。

綾乃が携帯で料金を払った。

「なにしているの。降りるわよ」

と綾乃が言う。俊哉はあわててブリーフに無理矢理勃起ペニスを押し込むと、スラックスを引き上げ、ベルトを締めつつタクシーを降りた。

目の前は公園だった。

「行くわよ」

と言って、綾乃が先を歩く。ミニから伸びた生足が月明かりを吸って、絖白く輝いている。

なんてエロい足なんだ。

俊哉は綾乃課長の足に引き寄せられるように、後を付いて行く。

ベンチがあちこちにあったが、皆、カップルで埋まっていた。そしてどのカップルも接近していた。中には、キスしているカップルもいる。

ひとつベンチが空いていた。そこに、綾乃が座り、手招く。

俊哉が座ると、綾乃がいきなりキスしてきた。ねっとりと舌をからめてくる。

「うんっ、うんっ」

公園での見せつけキスに、俊哉はあらたな昂ぶりを覚える。

綾乃は舌をからめつつ、スラックスの股間に手を置き、掴んでくる。

勃起させていた。ずっと勃起したままだ。

「いつも勃っているわね」

「すいません……」

「いいことよ。働く女はいつち×ぽを欲しくなるかわからないの。気まぐれなのよ。だから、女が求める時、常に勃ってないと駄目なの。武田くんは素晴らしいわ。これで童貞だなんて、最高すぎる」

スラックス越しにペニスを掴んだまま、綾乃がそう言う。

「働く女性には、いや、そもそも女性には縁がなくて……。いつも勃たせられるペニスがあっても、役に立っていません」

「大丈夫よ。これから我が社で活躍出来るから」

「我が社で……ですか」

「そう」

綾乃はずっとスラックス越しにペニスを掴んでいる。

「じゃあ、最終試験ね」

「最終……試験……」

「そう。私のからだでやるのよ」

「えっ」

綾乃はベンチから立ち上がると、歩きはじめる。

7

「課長っ」

と俊哉はまさに、女上司の尻を追っていく。

ミニから伸びている生足。タイトミニに包まれたヒップライン。

勃起が収まることはない。

綾乃が公衆トイレに入っていった。男性の方だ。

「えっ……まさか、最終試験って……トイレで……フェラかな……」

俊哉はまわりを見回す。人の姿はない。けれど、今はないとはいっても、公衆トイレなのだ。いつ、人が来るかわからない。

綾乃が男性トイレの入り口から手招く。

「武田くんっ」

名前を呼ばれると、はいっ、と自然と声が出る。

俊哉はトイレに向かった。綾乃は洗面台の前に立っていた。ただ立っているのではなくて、洗面台に向かい、タイトミニに包まれたヒップをこちらに向けている。

綾乃は鏡を見つめているが、その瞳がとろんとなっている。

ずっと俊哉の勃起ペニスを摑んでいて、それで昂ぶっているようだ。

「入れて」

と綾乃が言う。

「い、入れるって……その……私のち×ぽを……どこにですか」

「馬鹿ね。童貞こじらせすぎなんじゃないのかしら。入れる穴は、ひとつでしょう」

どうやら口ではないようだ。ひとつと言えば、おま×こだ。

「お、おま×こですかっ」

「はやく、入れなさい、人が来るわ」

「いや、その……こんなところで……」

「こんなところでするから、試験になるんでしょう。働く女がしたい、と思った場所ですぐやれるかどうかの試験なのよ。まさか、縮んだりしていないわよね」

そう言って、綾乃がこちらを見つめてくる。

にらむような眼差しに、ひいっと息を呑む。と同時に、ずっと勃起していたペニスが、まさに一瞬にして縮んだ。

まずいっ。これはまずいぞっ。

「あら、本当に縮んでいるのかしら」

「いいえ。びんびんです」

「じゃあ、入れて」

にらまれて縮んでしまったが、尻を撫でれば、即、復活するはずだ。

俊哉は人妻課長の背後に立つ。

「失礼します」

と言って、タイトミニの裾を摑み、たくしあげていく。

ノーパンゆえに、すぐさま、むちっと熟れた人妻の双臀《そうでん》があらわれる。

「あの……」

「いいわよ。触って」

「ありがとうございます」

と礼を言い、俊哉は美人課長の尻たぼに手を置く。そして撫でていく。

ああ、なんて手触りなんだっ。手のひらに、絖肌が吸い付いてくるぞ。

俊哉は瞬時にして、勃起させていた。

思わず、ねちねちとした手つきになる。

「ああ、もういいでしょう。入れて……ああ、疼くのよ……私、今、すごくおち×ぽ欲しいの。ぶちこんで」

「あ、あの……」

こんな時に、しらけるとはわかっていたが、聞かずにはいられない。

「あの……ご主人は……大丈夫なのですか」

「夫は海外出張で、もう二ヶ月いないの。二ヶ月いないということは、私、二ヶ月エッチしていないのよ」

と言って、綾乃がむちっとした尻をうねらせて見せる。

「ああ、課長っ」

俊哉はスラックスのベルトを緩め、ブリーフと共に、下げていく。弾けるように勃起したペニスがあらわれる。先端は大量の我慢汁で白くなっている。

「いいわね。大きいわ」

鏡越しに部下のペニスを見つめている。

俊哉は尻たぼを摑み、ぐっと開いた。

すると、割れ目が見えた。入れる場所がはっきりわかるのはいい。立ちバックは童貞に優しい体位かもしれない。

「はやく、入れて。ぶちこむのよ」

最終試験といいつつ、綾乃自身がエッチしたいだけのような気がする。

もちろん、俊哉もしたい。公園のトイレで初体験とは、これまで夢見てきた卒業のシチュエーションにはなかったが、相手はもったいないくらいの美人なのだ。

「行きます」

「来てっ」

俊哉は入り口に向けて、ペニスの先端を進めていく。

すぐに先端が到達した。

まさに入れようとした時、

「えっ、うそっ」

と男の声がした。横を見ると、若い男が立っていた。ベンチにいたカップルの一人かもしれない。

男の顔を見た途端、一気に萎《な》えてしまった。

やばい、と思い、割れ目に押しつけるが、まったく入らない。

「えっ、今ので萎えたのかしら」

男がそそくさと去ったのと同時に、美人上司が怖い目を向けてくる。

「いや、大丈夫です」

あせるな、と言い聞かせる。

俊哉は割れ目に手をやると、くつろげていった。

入り口の穴が露わとなる。綾乃のおんなの穴は、すでにどろどろに濡れていた。

ここに入れるんだ、と思った瞬間、一気に復活した。

我ながらの勃起力に感心した。

「い、いけますっ」

「よしっ。入れなさいっ」

「入れますっ」

俊哉は割れ目から手を引いた。すぐに割れ目が閉じていく。そこに鎌首を当てていく。

今度は、的確に先端を捉えた。

ずぶりと一発で入る。

「あっ……」

綾乃が甘い声をあげる。

俊哉はそのままずぶずぶと入れていく。

「あっ、ああっ、硬いっ、硬いわっ」

一気に奥まで入れた。綾乃の媚肉は、というか、リアルなおんなの穴は燃えるように熱かった。肉の襞が一斉にからみつき、締めてくる。

動かなくても充分気持ちいい。

「なにしているの。突きなさいっ」

「これで、充分です」

「なに言っているのっ。おま×こって、相手を感じさせて一人前なのよっ。まだ童貞卒業していないわよっ」

「すいませんっ」

二十五年間のオナニーぐせが抜けていなかった。自分だけ気持ち良ければいいと考えてしまう。そうだ。エッチって、相手がいるんだ。相手を気持ち良くさせて一人前なのだ。

動くと、すぐに出そうな気がしたが、そんなことは言っていられない。

俊哉は尻たぼを摑むと、腰を動かしはじめる。

綾乃の中でペニスが前後に動く。それにつれ、ぴたっと貼り付いている肉襞も動く。

「ああ、もっと強く突いてっ」

と綾乃が命じる。

「強く、ですか……」

「そうよ。強くよっ」

鏡の中の綾乃がにらんでくる。萎《しぼ》みそうになったが、それよりも締め付けがすごく、萎えることさえゆるしてくれない。

俊哉は玉砕覚悟で、突きに力を入れていく。

「あぁっ、いいっ、そうよっ、もっとっ、もっと突いてっ」

「こうですかっ」

人妻課長の媚肉をずぶずぶ突いていく。

「いい、いいっ」

綾乃も一気に燃え上がった。締め付けがさらにきつくなる。

「気持ちいいですかっ」

指が食い込むほど尻たぼを強く摑み、激しく突きつつ、俊哉は聞く。

「いいわっ。そうよっ。すごいわっ」

突きながら、俊哉はハイになっていた。なぜか、暴発せず、突き続けていられる。

が、いきなり、出そうになった。

あわてて突きを緩める。

「なにしているのっ。激しくしなさいっ」

「でも……」

「いいのよっ。出しても、すぐに勃たせればいいのっ。武田くんなら、出来るでしょうっ」

「出来ますっ。やりますっ」

すぐに勃たせるなら、一度出してもいい、と言われ、俊哉は安心する。

安心するとなぜか、出そうではなくなった。

激しい突きを再開する。俊哉は鏡の中の綾乃を見ていなかった。よがり顔を見たら、即発射だと恐れていたからだ。

が、どうしても見たくなり、俊哉は強く突き上げつつ、鏡を見た。

「いい、いいいっ」

綾乃のよがり顔を目にした瞬間、俊哉は射精していた。

「あっ……う、うんっ……」

綾乃のよがり顔はエッチすぎた。一発で出してしまった。

どくどく、どくどくと勢いよくザーメンが肉穴の中へと噴き出していく。

「あっ、あああ……なに……あ、ああっ、い、いく……」

と俊哉の勢いのあるザーメン噴射を子宮で受けつつ、綾乃が気をやった。

俊哉は綾乃のいまわの顔を見ながら、射精を続けた。俺がいかせたんだ。俺が綾乃課長のいかせ顔を作ったんだ、と思いながら出すザーメンは最高だった。

しかも、生、中出しだ。

えっ、生の中出しっ。いいのかっ。

とにかく穴に入れることに夢中で、生とか中出しとかにまで頭がまわっていなかったが、いきなり快挙というか、人妻課長相手に大変なことをやらかしてしまったのではないのか……。

「課長、あの……」

「ああ、よかったわ。ザーメンを子宮で受けて、いっちゃうなんて、初めてよ。やっぱり童貞ザーメンは勢いがあるのね」

鏡越しに、部下をうっとりとした目で見つめつつ、綾乃がそう言う。

綾乃は中出しされて良かったと言っている。ここでわざわざ中出ししても大丈夫なのか、と聞くのは野暮《やぼ》だ。

「なにしているの。抜かずの二発、やるんじゃないの」

「抜かずの……二発……。やりますっ、やらせていただきます、課長っ」

俊哉は抜き差しを再開した。驚くことに、俊哉のペニスは勃起したままだった。あんなに出したのに、まったく萎えていない。

これは抜かずの二発を出来るぞっ。

俊哉は尻たぼをぐっと掴み、抜き差しに力を入れていく。

「ああっ、ああっ、いいわっ。すごいわっ。おま×この中でずっと大きいなんて……ああ、才能があるのねっ。素敵よ、武田くん」

俺にはエッチの才能がある。女を喜ばせるち×ぽを持っているっ。

「ありがとうございますっ。これも課長のお陰ですっ」

ずぶずぶと綾乃を立ちバックで突きつつ、礼を言う。

「ああ、もっと激しく突いてっ。出来るでしょう」

「出来ますっ」

俊哉は渾身《こんしん》の力を込めて、綾乃の媚肉を突いていく。突いて突いて、突きまくる。

「いい、いいっ……すごいわっ、ああ合格よっ、ああっ、いいわっ」

綾乃は鏡越しに、よがり顔を晒《さら》しつつ、そう叫ぶ。

「ありがとうございますっ」

そもそもなんの試験なのか、わからなかったが、合格と言われて、俊哉は喜んだ。

「あ、ああっ……いきそう……ああ、いきそうよっ……いっしょにっ、武田くんもいっしょにいってっ」

いっしょにいく。出来るだろうか。さっきはすぐに出しそうになっていたが、今は、出したばかりで、まだ余裕があった。

「いっしょよっ……あ、ああ、いきそう……ああ、綾乃、いっちゃいそうっ」

「課長っ」

俊哉はとどめを刺すべく、子宮を叩いた。

「いくっ」

綾乃が叫んだ。おま×こが万力のように締まる。

強烈な締め付けを受けて、俊哉はあっけなく二度目も放った。

「おう、おうっ」

「いく、いくっ」

ふたりの雄叫びが、トイレに響き渡る。

二発目なのがうそのように、ザーメンが出まくる。なかなか脈動が収まらない。

「いくいく……いくいく……」

綾乃が叫び続ける。

ようやく脈動が収まった。今度は一気に萎えていき、綾乃のおま×こに押し出されるようにして、ペニスが穴から出た。

綾乃が首をねじって、俊哉を見た。

「よかったわ……、武田くん」

「僕も良かったです」

「じゃあ、明日から、九州に行ってね」

「えっ……」

「N駅前プロジェクトの仕事よ」

「えっ、僕がですかっ」

「そうよ。きっと活躍するはずよ」

と言って、綾乃はキスしてきた。

# 第二章　建築現場の痴態

## 1

俊哉は九州のN市の駅前にいた。

ここは今、大規模再開発の真っ最中の区画だ。

このプロジェクトを主導しているのが、俊哉が勤めるS建設だ。S建設としては初めて大規模再開発事業であり、このプロジェクトが成功するかどうかに、社運が掛かっているといってよかった。

その現場に、俊哉は送り込まれていた。

真・福利厚生課、としてだ。

もともとある福利厚生課とは別の課だった。課長は綾乃、部下は俊哉だけだ。

「武田くんが担当するのは、現場監督の本郷瑠理《ほんごうるり》さんと監督助手の相良美菜《さがらみな》さん。真の福利厚生を頼んだわね」

と綾乃に言われ、送り出されていた。

真の福利厚生。

「建設業界が大変な人手不足なのは知っているわね。うちは女性の現場監督が売りなんだけど、今回のプロジェクトに我が社が決まったのは、女性が活躍している会社ということもあるの。本郷瑠理も相良美菜もとても優秀な監督だから、彼女たちの働きが業界内で認められたのは喜ばしいことなんだけど……今度は、他の建設会社に引き抜かれる可能性が高くなったということ。うちは大手みたいな高給は出せないからね。だから、福利厚生を充実させることにしたの」

「有給を増やすとかですか」

「疲れを癒やしてあげることよ。真・福利厚生課の社員が、全身全霊を使って、ふたりを癒やすの」

「真・福利厚生の社員って、僕だけですよね」

「そう。あなたは選ばれた社員なの。とにかく、毎日気持ちよく、ふたりが仕事を出来るように、バックアップするのが武田くんの仕事というわけね。とても重要な業務なのよ」

と綾乃に説明されて、今、駅前にいる。

改めて現場を見ると、思っていた以上に大規模な再開発だ。

俊哉はさっそく、本郷現場監督と相良監督助手に挨拶することにした。

『真・福利厚生課の武田です。今、どこにいらっしゃいますでしょうか』

とメールをする。

一時間ほど返事がなく、やっと返信が来た。

『休憩室にいるから来て』

とある。

今、本郷瑠理はタワービルの建設現場監督を任せられていると聞いていた。

タワービルの休憩室は、建設現場の一角にあるプレハブ事務所の二階だと教えてもらった俊哉は、さっそくそこへ向かい、外階段を上がってノックをした。

「どうぞ」

と女性の声があり、失礼します、と俊哉は中に入った。

十二畳ほどの広さの休憩室は、リネンの床に質素な椅子やテーブルの並ぶ、シンプルな部屋だ。奥には、ちょっと横になれる二畳分ほどの小上がりもある。

その休憩室の真ん中あたりに、女性がぽつんと座っていた。

「本郷さんでしょうか」

「武田くんかしら」

「はいっ。真・福利厚生課の武田俊哉です」

本郷瑠理はS建設のブルゾンに綿パンを穿いていた。綿パンはかなりぴたっとしたやつだ。

会うなり、かなりの美形だと思った。いわゆるクールビューティタイプだ。

三十八才の人妻だと聞いている。夫は銀行マンで都内に勤めているという。瑠理は工事の間、単身赴任として着任しているのだが、すでに一年半もこの現場にいるらしい。

かなり疲れて、欲求不満が溜まっているはずだから、よろしくね、と綾乃に言われていた。

「足、揉《も》んでくれないかしら」

と瑠理が言う。はい、と俊哉はそばに寄ると、椅子に座ったままの瑠理の足元にスーツ姿のままひざまずいた。

失礼します、と綿パンの上からふくらはぎを摑む。

「なにしているの。じかにでしょう」

と瑠理が言う。

「じ、じかに、と申しますと……？」

「じかにはじかによ。脱がせて」

と瑠衣が言う。

「いや、その……」

「この時間は、誰も入ってこないから」

「でも、その……」

「あなた、真・福利厚生課の人よね。綾乃さんから聞いて、期待していたんだけど、期待外れかしら」

と言うなり、携帯を手にする。

まさか、いきなり綾乃に連絡するのか。使えないと。こういう出来る女性は、なにごとも決断がはやい。使えないと判断したら、即、変更を要求するだろう。

俊哉は真・福利厚生課で頑張る気でいた。配置変えはいやだ。

「脱がせますっ。じかに揉みますっ。揉ませてくださいっ」

そう言うと、俊哉は瑠理の綿パンのフロントボタンに手を掛けた。ボタンを外し、そして、ジッパーに手を掛ける。

まさか、会ったばかりの人妻社員の綿パンのジッパーを下げることになるとは。

綿パンを下げると、パンティがあらわれた。黒のセクシーなレースショーツだ。

工事現場には似合わない、むんむんと色気が漂う下着だった。

「常に、女性でいたいのよ」

と瑠理が言う。

「そうですね」

瑠理が腰をあげる。

俊哉は、失礼します、と言って、綿パンを下げていく。

むちっとした太腿があらわれる。肌が人妻らしく絖白い。触りたくなる太腿だ。

さらに下げると、膝小僧、そしてふくらはぎと露わとなる。

俊哉は綿パンを脱がせると、ふくらはぎに手を伸ばした。そっと摑む。なんともやわらかい。肌がすべすべしている。

すぐそばには、瑠理の股間がある。レースは透け感があり、恥毛が透けて見えている。当然のことながら、股間から女の匂いが薫ってきている。

綾乃の匂いとはまた違った薫りだ。

「太腿《ふともも》もおねがい」

と瑠理が言う。失礼します、と太腿に手を置くと、しっとりと手のひらに柔肌が吸い付いてくる。

そのまま揉んでいると、

「足揉みは上手じゃないのね」

と瑠理が言う。

「すいませんっ」

足揉みは綾乃から教授されていなかった。

「じゃあ、いいわ。吸って」

と瑠理が言う。

「す、吸うとは……」

わかってはいたが、聞いていた。確かめていた。やはり、確かめずにはいられなかった。

吸うとは、クリトリス吸いを指しているとは思う。そしてクリトリスを吸うということは、パンティを脱がせることになる。いきなり瑠理のパンティを脱がせて、クリ吸いを求められていなかったら、大変なことになる。

「クリよ」

と瑠理がちょっと恥じらうように言う。クールビューティの場合、ちょっとした恥じらいがぐっと股間に来ることを知る。

「承知しました」

失礼します、と黒のレースパンティに手を掛ける。

緊張と昂ぶりで、手が震えている。

それを、瑠理はじっと見つめている。

パンティを下げた。ひと握りの陰りがあらわれた。

割れ目の左右には恥毛はなく、いきなり、剝き出しとなる。

が、その部分はまだぴっちりと閉じていた。

肉の合わせ目の上で息づく、クリトリスに顔を寄せていく。

すると、おんなの匂いが鼻孔をくすぐってくる。ぴっちりと閉じてはいたが、そこからにじみ出ているのだ。

割れ目を開きたくなったが、瑠理から命じられるまでは手を出さない。

俊哉は舌を出すと、まずは、ぺろりとクリトリスを舐め上げた。すると、

「あっ……」

といきなり、敏感な反応を見せた。

俊哉はぺろぺろ、ぺろぺろと肉芽をなぎ倒すように舐めあげていく。

「はあっ、あんっ……やん、あんっ」

瑠理が愛らしい声で泣く。クールビューティの愛らしい喘ぎ声は、また、たまらない。

瑠理のクリトリスは、かなり敏感なようだ。それとも、溜まりに溜まっているのか。

「ああ、上手よ、武田くん」

といきなり、褒められる。

「ありがとうございます」

「舌を離しちゃ、だめっ」

「すいませんっ」

俊哉はすぐにクリ舐めを再開する。

「あ、ああ……はあっんっ、やん、あんっ」

ひと舐めごとに、瑠理が敏感に応える。絶えず、下半身がくねっている。

「ああ、吸って……吸って、武田くん」

「はい」

俊哉は人妻現場監督のクリトリスを口に含むと、じゅるっと吸った。

「あああっ……」

いきなり反応した。甲高《かんだか》い声をあげて、下半身を震わせる。

俊哉は敏感すぎる反応に煽《あお》られ、強めに吸っていく。

「ああ、あああああっ、あああっ」

瑠理の下半身ががくがくと痙攣をはじめる。もう、いくのか。はやくも、クリでいくのかっ。

「止めてっ」

と瑠理が叫ぶ。

俊哉は瞬時に、吸うのを止めた。クリは口に含んだままだ。

「ああ、上手よ……ああ、綾乃さん……いい子を送ってきたわね……」

俊哉はクリトリスを含んだまま、瑠理を見あげる。

知的な美貌が真っ赤に上気している。唇は半開きで、目がとろんとしている。

「ここでいったら、午後から仕事にならないわ。現場でにらみが利かなくなりそう」

口を引いて、と言われ、俊哉はクリから口を引く。

「戻して」

と言われ、俊哉はパンティを引き上げ、綿パンも引き上げていく。

眩白い太腿が俊哉の前から消えていく。

「出して」

と瑠理が言う。

「ち×ぽでしょうか」

「そうよ。出して。どんな具合か見たいの」

わかりました、と俊哉は立ち上がると、スラックスのベルトに手を掛ける。すでにびんびんになっていた。

会ったばかりの人妻現場監督の前で、ブリーフと共にスラックスを下げた。

椅子に座ったままの瑠理の前で、俊哉のペニスが弾けるようにあらわれた。

見事に反り返った男根を見て、

「いいわね」

と瑠理が笑みを浮かべる。やはり、相手が欲した時には、常に勃起していなければならないのだ。

瑠理が手を伸ばしてきて、ペニスの胴を摑む。

「ああ、硬いわ……ああ、これよね……ああ、握っていると、欲しくなるわ……でもだめよ……この後、大事な仕事があるから……」

と言いつつ、強く握ってくる。

「このち×ぽを楽しみに、午後、頑張れそうだわ」

じゃあ、と言うと、瑠理は立ち上がり、ペニスを出したままの俊哉を置いて、休憩室を出ようとした。

が、忘れてた、と言って戻って来た。そして、はいこれ、と鍵を渡してきた。

「これは、なんの鍵ですか」

「マンションの私の部屋の鍵よ。預けておくわ」

「えっ……いいんですか」

瑠理はなにも答えず、去って行く。

俊哉は瑠理の綿パンに包まれたヒップラインを見送りながら、どろりと我慢汁を出していた。

そして、我に返ると、あわてて、ブリーフとスラックスを引き上げた。

## 2

一時間後、俊哉は再開発敷地内の食堂にいた。

けっこう広く、おやつの時間だったが、かなりの現場の作業員が定食を食べていた。

そんな中、テーブルでひとり待っていると、女性が入ってきた。

ヘルメットを被《かぶ》り、S建設のブルゾンを着ている。瑠理と同様、綿パンだ。

定食を食べている作業員たちが、女性に一斉に目を向けた。

女性がヘルメットを取った。ボブカットが似合う、愛らしい顔立ちをしている。現場では異質な雰囲気だ。

女性は俊哉に気づくと、笑顔を見せて手を振ってきた。

俊哉もつられて、思わず手を振り返す。

女性は、相良美菜だ。二十六才の人妻。瑠理の部下で、ここでは監督助手を務めている。

美菜がこちらにやってくる。作業員たちがうらやましそうに、俊哉を見る。

えっ、そうか。うらやましいか。そうだよな。紅一点だもの。しかも、可愛いし。

男たちから羨望の目で見られたことがない俊哉は、それだけでも優越感に浸《ひた》る。まあ、相手は人妻だけどな……。

「武田さんですよね」

俊哉の正面に立った美菜が聞いてきた。そばで見ると、ますます愛らしい。人妻には見えない。

「はい。真・福利厚生課の武田俊哉といいます」

立ち上がり、俊哉は頭を下げる。すると、

「うふふ」

と美菜が笑う。

「えっ……」

「ごめんなさい……だって、真・福利厚生課だなんて……本当にあるんだと思って」

「あります」

「私、相良美菜といいます」

と挨拶すると、美菜が座った。それを見て、俊哉も座る。

「もう、ひと仕事したんじゃないですか？」

と美菜が聞いてきた。

「えっ……」

クリ舐め、クリ吸いのところを美菜に見られていたのか。

「瑠理さん、ちょっとだけ穏やかになったの」

どうやら名前で呼んでいるらしい。美菜はこの現場に来て三ヶ月だ。宿舎は同じマンションだから、名前で呼ぶ間柄になっているのかもしれない。

「穏やか、ですか……」

いきそうだったが、いってないので、いらついていると思っていたが、違っていたようだ。

「瑠理さん、このところ、なんかいらいらして、みんなに当たったりしていたのね。現場の雰囲気は今、最悪だったの。真・福利厚生課が来るって聞いたから、期待していたんだけど、流石《さすが》ね。もう効果が出たみたい」

美菜は愛らしい顔をテーブル越しに寄せてきて、

「なにしたの？」

と聞いてきた。

「なにって……」

「会ってすぐに、なにかしたんでしょう」

「そ、それは……」

「えっ、私に内緒にする気？　だめよ。これから、三人の間に秘密はなしよ」

と美菜が言ってくる。

「あの……ク、クリを吸って」

「うん」

それで、と美菜が瞳で促《うなが》してくる。

まさか会ってすぐに、エロ話をすることになるとは。いや違う。これは業務なのだ。

美菜も言っているじゃないか。ぎすぎすしていた瑠理がちょっと穏やかになったって。それは間違いなく、クリ吸いのお陰だ。

「それで瑠理さん、いきそうになって」

「いったの？」

「いや、業務に支障が出るからって、寸止めでした」

「ああ、さすが瑠理さんね。見習わないと」

と美菜が感心している。

寸止めを感心されるとは。

「それだけ？」

「えっ、いや、その、私のその……ペニスを……見せろと言われて、出しました」

「勃ってたのね。握られた？」

「はい……」

「なるほど。だから、少しいらいらが収まったのね。良かった、武田さんが来てくれて。本当に、困っていたのよ。やっぱり、福利厚生って大事ね」

「はい」

美菜はずっと身を乗りだしてしゃべっていた。甘い息がずっと俊哉の顔に掛かっている。

しかも、美菜はかなりの巨乳で、ブルゾンからのぞく白のワイシャツの胸元がパンパンに張っていた。

「武田さん、仕事が出来る人で良かったわ」

と美菜が笑顔を見せる。ここに来てすぐに、人妻現場監督のクリを舐めて、吸って、勃起したペニスを握らせただけだったが、はやくも評価されていた。

美菜は軽く俊哉の顔から爪先までを一瞥し、再び目を合わせてきた。

「これからトイレに立つから、ちょっと間を置いて、武田さんも来て。女性の方ね」

小声でそう言うと、女性監督助手は席を立った。

食堂の奥にトイレがあり、美菜はそこに向かって行く。

俊哉もちょっと間を置くと、トイレに向かう。

言われた通り、そっと女性用の方に入る。すると、洗面所に美菜がいた。

美菜はすぐさま、手を伸ばしてきた。

ワイシャツ越しに乳首を摘ままれた。

不意をつかれ、

「あっ……」

と声をあげてしまう。

美菜はうふふと笑うと、もう片方の乳首もワイシャツ越しに摘まんでくる。

「ああ……相良さん……」

「美菜でいいわ。私も俊哉さんって呼ぶから」

と言いつつ、美菜は左右の乳首をひねってくる。

「ああ、ああ……美菜さん……」

こんな時なのに、感じてしまっていた。が、美菜は感じる俊哉を見て、喜んでいる。

恥ずかしいが、真・福利厚生課としてはいいことなのか。

「じかに、触りたいな、俊哉さん」

と美菜が言う。

「じ、じかに……？　しかし……その……」

「女子トイレには誰も来ないわ。見たでしょう。女は私だけだったのよ」

確かに、食堂のおばちゃんをのぞけば、あの場にいた女性は美菜だけだった。そのぶん、注目の的になっていた。

「見られてましたね」

「もう、慣れっこよ。私、ほら、おっぱい大きいから、どうしても男の人は胸を見ちゃうのよね。俊哉さんもずっと見てたでしょう」

「いや、それは……」

「いいのよ。男の人って、そういうものでしょう」

さすが若くても人妻だ。結婚一年目の新婚だと聞いている。新婚で、三ヶ月も現場に単身赴任はなにかとつらいだろう。

「さあ、脱いで」

とワイシャツのボタンに手を掛けて、外してくる。あっという間に外され、前をはだけられる。

俊哉がTシャツをたくしあげると、胸板があらわれた。

「勃ってるわね。素敵よ」

と言うなり、ふたつの乳首を摘まんでくる。そして、こりこりところがしてきた。

「あっ、ああ……」

俊哉はくなくなと上半身をくねらせてしまう。

「乳首感じる人って、好きよ。私の夫も乳首感じるの。っていうか、私が開発したんだけど」

「そ、そうなんですか」

「舐めてもいいかしら」

「おねがいします」

瑠理ではなく、美菜の方が責め好きとは。見掛けによらない。

美菜が愛らしい顔を、俊哉の胸板に寄せてきた。息がかかるだけで、ぞくぞくする。

美菜が舌を出した。ぺろりと舐める。

が、乳首ではなかった。そのまわりを舐めていた。

えっ……。

美菜は俊哉を見あげつつ、乳首のまわりをじらすように舐めてくる。すると、乳首がさらに勃っていく。舐めてください、と乳首が訴える。

「どうしたのかしら、俊哉さん」

「い、いいえ……なにも……」

「正直になりなさい」

そう言いつつ、もう片方の乳首に唇を寄せてくる。こちらもまわりを舐めてくる。

「あ、ああ……」

まわりを舐められただけでも、かすれた喘ぎが洩れた。

「あら、まだ乳首、舐めていないわよ」

「は、はい……すいません……」

となぜか、謝る。

「どうして欲しいのかしら」

いつの間にか、俊哉を見あげる目が光っている。

「舐めて、欲しいです……」

「どこを」

「ああ、乳首を……僕の乳首を……美菜さんに舐めて欲しいです」

食堂の奥の簡易女子トイレで、俊哉は会ったばかりの監督助手に向かって、そうおねがいしていた。

おねがいしただけで、どろりと先走りの汁が漏れ出るのを感じる。

「わかったわ」

と言うと、美菜は俊哉を見あげたまま、ぞろりと右の乳首に舌を這わせた。

その瞬間、電気が流れた。

「あああっ」

と甲高い声をあげていた。

「声、あげすぎ」

「すいませんっ」

さらに、ぺろぺろと舐め上げてくる。

「あ、ああ……」

俊哉はあわてて自分で口を手のひらで塞《ふさ》ぐ。女の子みたいになっている。美菜が男だ。

美菜はうれしそうに目を輝かせて、乳首を舐めていたが。唇に含むと、じゅるっと吸った。

「ううっ」

さらなる快美な電気が流れ、俊哉は身体を突っ張らせる。

「ああ、こっちも……左も……おねがいします」

じらされて放って置かれている左の乳首がぷくっと充血している。

右の乳首から唇を引き上げた美菜は、

「出して」

と言った。ここで、ち×ぽを出せと言うのか。

と言った。

「どうしたの。出せないの」

「出せますっ、出させてくださいっ」

と言うと、俊哉はスラックスのベルトを緩め、ブリーフと共に下げていった。

弾けるようにびんびんのペニスがあらわれる。さっき出さずに終わったため、すでに大量の我慢汁が出ている。

「あら、我慢汁すごいわね。そんなに我慢しているのかしら」

「しています……」

「ふうん。なかなか、素敵なおち×ぽね。真・福利厚生課に選ばれるだけはあるわ」

と言って、先端を手のひらで覆《おお》うと、刺激を与えてくる。

「ああっ、それっ……」

手のひらで先端を撫で撫でしつつ、美菜が左の乳首に顔を埋めてきた。唇に含み、じゅるっと吸ってくる。

「ああああっ」

先端責めと同時にやられ、俊哉は身体を震わせる。

美菜はちゅうちゅう乳首を吸ってくる。と同時に、鎌首を掴むと、ひねるように刺激を与えてくる。

「ああ、ああっ、それ、それっ……出そうですっ」

はやくも出そうになっていた。

美菜が唇を引き、

「だめっ」

と言う。

「絶対出しちゃだめよ。ここのトイレを、ザーメンで汚してはだめよ」

口で受けてはくれないようだ。

「出しませんっ。汚しませんっ」

「よろしい」

と言うと、美菜は反り返った胴体を掴み、しごきはじめる。そしてまた左の乳首を唇で含むと、歯を当ててきた。

なにするんだ、と思った瞬間、がりっと嚙《か》まれた。

「あうっ……」

嚙まれた瞬間、出したと思った。痛かったが、すぐに未知の快感に変わったのだ。

が、ぎりぎり出さなかった。そこはサラリーマンの性《さが》だった。出してはいけない、と言われたら、なにがあっても出さないのだ。

美菜はしごきつつ、がりがりと嚙んでくる。

「ああ、あうっ、うう……」

俊哉は歯を食いしばり、暴発しないように耐えた。

が、もうだめだ、出るっ、とあきらめかけた瞬間、美菜が唇を引き上げて、しごく手を止めた。

俊哉のペニスの状態が、手に取るようにわかっているみたいだ。

「嚙まれても感じるなんて、素敵よ、俊哉さん」

と言って、唾液まみれの乳首をつつく。

「ああ、すごい我慢汁」

と言うなり、美菜がしゃがみ、ぺろりと先端を舐めてきた。

「あああっ」

出したと思った。が、出していない。我ながら、偉いと感心する。

最初、耐えられたことで、その後の舐めにもぎりぎり耐えた。

が、鎌首舐めは気持ち良すぎて、美菜が舐めるそばから、新たな我慢汁が出てくる。

だから、舐めても舐めても先端は白いままだ。

「美味しいわ。俊哉さんの我慢汁」

と美菜が言う。

「そうですか。良かったです」

「じゃあ」

と言うと、立ち上がり、美菜は瑠理同様、あっさりとトイレから出て行った。

「お、お疲れ様です……」

大量の我慢汁を出しつつ、ペニスをひくひくさせながら、俊哉は美菜の背中に声を掛けて、送り出していた。

**3**

夕方、俊哉は宿舎として会社が借りているマンションに入った。

七階建てのマンションの五階の三部屋が、S建設が長期で借りている部屋だ。角の2LDKが瑠理の部屋、その隣のワンルームが美菜の部屋、そしてその隣のワンルームが俊哉の部屋となっていた。

『夕方にそっちに着くように宅配便を送ったから、受け取っておいて』

と綾乃課長からメールが来ていた。

ワンルームに入り、スーツケースから着替えを出していると、綾乃の言った通り宅配便が届いた。かなり大きな荷物だ。

開けると、二本の柱が出てきた。説明書を見ると、どうやら、T字に壁に取り付けるようだ。一本の柱の両端には、鎹《かすがい》が打ち込まれていた。

俊哉は嫌な予感を覚えた。

『受け取りました。これはなんでしょう』

と綾乃にメールする。

『磔柱《はりつけばしら》よ。決まっているでしょう』

『誰を磔にするのですか!?』

わかってはいたが、もしかすると違うかもしれない、と確かめる。

『武田くんに決まっているでしょう。瑠理が戻ってくる前に、用意しておいて。彼女の部屋の鍵、預かっているでしょう』

確かに預かっていた。受け取った礫を用意させるために、鍵を預けていたのか……。

俊哉は上下ジャージに着替えると、二本の柱を抱えて、瑠理の部屋に向かった。預かった鍵を使って、ドアの施錠を開く。

「失礼します」

と言って、ドアを開ける。瑠理はいないとわかっていても、思わず、そう言っていた。上がりこんで廊下を進むと、リビングがあった。

かなり広い。ここは俊哉たち三人が集まる際にも使う場所だと聞いていた。

甘い薫りがする。瑠理の匂いだ、とくんくん鼻を動かす。右手にドアが見える。寝室だろう。開けたくなるが、我慢する。

リビングはL字のソファーにテーブル。そして、大画面のテレビがあるだけのシンプルなものだった。瑠理はもう一年半、ここで暮らしているはずだったが、生活感はあまりない。

テレビの横が空いているが、そこに礫柱を置くのがいいのだろうか。

俊哉は壁に背を当て、両腕を上げる。礫にされた気分になる。ちょうど正面にソファーがある。そこに瑠理と美菜が座って、こちらを見ている。

それを想像するだけで、俊哉は一気に勃起させていた。

これは真・福利厚生課のサラリーマンとしてはいいことだったが、一人の男として、どうなのだろうか。

さっきも、トイレで美菜に乳首を噛まれて、いきそうになっていた。

だんだん責められ好きな身体になってきている。

勃起がなかなか収まらない。

俊哉はここに磔柱を据え付けることにした。

据え付けが終わると、また、磔のポーズを取りたくなる。

俊哉はT字の柱に背中を預け、両手を上げる。ソファーに、瑠理と美菜の姿を空想してみた。

『なに、服を着ているのかしら。全裸でしょう。ち×ぽ出しなさい。勃起してなかったら、即クビだから』

「はいっ。瑠理さんっ」

俊哉は返事をすると、実際にジャージを脱ぎはじめた。ブリーフはすでにぱんぱんだ。瑠理と美菜の前で裸で磔にされることを想像しただけで、反り返るほど硬くなっていた。

ブリーフを脱ぐと、すでに先走りの汁が出ていた。

『なに？　もう、そんなものを出しているのっ』

瑠理が怒鳴りつける。

『ヘンタイっ』

美菜が軽蔑《けいべつ》の目を向けてくる。するとさらに我慢汁がどろりと出てしまう。

実際、俊哉の鎌首はすでに我慢汁だらけだ。

俊哉は全裸で、再び磔柱に背を当て、両腕を上げた。

乳首が疼いている。美菜にまた噛まれたい。瑠理にペニスを弾かれたい。ふたりから寸止め責めを受けたい。

「あ、あああ……」

と喘《あえ》いでいると、携帯が鳴った。

俊哉はあわてて、携帯を見る。本郷瑠理、という文字が浮かぶ。それだけで、ペニスがひくひく動く。

「お疲れ様です。武田です」

「あら、今なにをしていたのかしら」

「えっ、いや、その、東京から送られてきた……その、柱を……」

「据え付けたのね。それで、今、裸なのね」

「えっ、どうしてわかるんですかっ」

瑠理がリビングにいるんじゃないか、と思わず見回す。

もちろん、瑠理の姿はない。

「やっぱりね。裸で磔にされた真似でもしていたんでしょう。我慢汁も出しているんでしょう」

「えっ、いや、そんなことは……」

「撫でなさい」

「えっ」

「今すぐ、鎌首を撫でなさい」

「いや、そもそも、裸じゃないですし……」

「私にうそつくのかしら」

「すいませんっ。裸ですっ、我慢汁出してますっ」

「撫でなさい」

俊哉は叫ぶ。

「はい、本郷さんっ」

「瑠理でいいわ」

「はい、瑠理さん」

名前を呼んだだけで、暴発しそうになる。

俊哉は右手で携帯を手にしたまま、左手の手のひらで鎌首を包む。そして、ゆっくりと撫でていく。

「あっ……」

「もっといい声を出しなさい」

「はい、瑠理さんっ」

電話越しに聞く瑠理の声が、またたまらない。声も、クールビューティだ。

俊哉は先端を撫で続ける。

「あ、ああ……あああ……」

自然と声が出る。瑠理に聞かれていると思うと、たまらない。

「ああ、ああ……」

「出してはだめよ。私の部屋を汚いザーメンで汚したら、承知しないわ」

「出しませんっ」

また寸止めなのだ。いや、そもそも磔にされて、寸止め責めを受けることを想像して、我慢汁を出していたのだ。

はやくも、願いが半分叶《かな》ったといえる。

「ちゃんと撫でている？」

「はいっ、撫でてますっ。ああ、出そうですっ。ああ、どうしたらいいんですかっ」

俊哉は電話の向こうの瑠理に、必死にお伺いを立てる。

「ああ、ああっ、瑠理さんっ、どうしたらっ」

そこで、電話が切れていることに気がついた。

## 4

その翌日。俊哉が夕ご飯を食べていると、午後八時頃に帰宅すると、瑠理からメールがあった。

そして、リビングで待つようにと指示された。

それは問題ないが、普通に待っているだけでいいのだろうか。

コンビニ弁当を食べつつ悩んでいると、チャイムが鳴った。

時計を見る。七時をまわっている。まさか、はやく帰宅したのかっ。

「はいっ」

と叫び、あわててドアを開く。

「こんばんは」

美菜が立っていた。百貨店の袋を手にしている。お洒落なコート姿だ。工事現場での姿とまったく違い、ドキンとした。

「もう、夕ご飯は食べたかしら」

「今、コンビニ弁当を……」

「いっしょに食べようと思って。メールすれば良かったかな」

「食べますっ」

と俊哉は大声をあげる。

「じゃあ、瑠理さんの部屋のリビングで食べましょう」

「いいんですか」

「いいのよ。瑠理さんの部屋のリビングは、いわば共用スペースなの。三人になったから、余計、そういう扱《あつか》いになるわね。瑠理さんの部屋の鍵、預かっているでしょう」

「えつ、どうして知っているんですか」

「いや、なにかエッチなものが送られてくると聞いていたから、それをリビングに運ぶために、鍵を預かっているのだと思って」

「その通りです」

ふたりで瑠理の部屋に入る。リビングに入ると、当然、磔柱が目に入る。

「あら……これ……」

と言って、美菜が俊哉を見る。すでに目が光っている。

このT字の柱を見て、自分が磔にされるなんて、美菜はまったく思っていない。まあ、事実そうなのだが。

「素敵ね」

と美菜が言う。そして、コートを脱いだ。

美菜はニットのセーターを着ていた。シャツ姿でも目立っていた胸元が、さらに強調されている。

思わずガン見してしまう。

慣れているのか、なにも言わない。

下はスカートだ。けっこうミニ丈で、膝小僧がのぞいている。ふくらはぎがとてもやわらかそうだ。

「さあ、食べましょう」

焼き肉弁当だった。豪華だ。

「お茶淹《い》れますね」

と俊哉が言う。キッチンに立ち、お茶の葉を探す。すると、甘い薫りがした。

「お茶の葉は、ここの棚にあるわ」

と言って、腕を伸ばし、上にある棚を開けようとする。その時、ただでさえぴたっと胸元に貼り付いているニットがさらにくっつき、これでもか、と言わんばかりに巨乳が強調される。

「はい」

と渡された茶葉を、すいません、と受け取ろうとすると、美菜が悪戯っぽく笑った。

「そんなにおっぱい好きなのかしら」

「好きです」

と正直に答える。

ふうん、と言いつつ、美菜が俊哉の髪を掴むと、いきなりニットのバストに顔面を押し付けてきた。

「う、ううっ」

「どうかしら」

「うう、ううっ」

最高だった。このまま窒息死してもいい。

「あの後も、瑠理さん、とても機嫌が良かったの。来てくれてありがとう、俊哉さん」

と言いつつ、さらにぐりぐりと押し付ける。

「これは、私からのささやかなお礼よ」

ささやかにしては、巨乳過ぎた。

「じかが良かったかしら」

「じかが、いいですっ、じかでおねがいしますっ」

鼻息を荒くさせて、俊哉はおねがいする。

「もう」

と言いつつも、美菜はニットセーターの裾を摑むと、目の前でたくしあげていく。

平らなお腹があらわれ、ピンクのブラに包まれた巨乳があらわれる。

美菜はそのままニットを脱いでいく。すると、腋の下があらわれる。

すっきりと手入れの行き届いた美しい腋のくぼみだ。

美菜がニットを脱ぐと、

「外して」

とはにかむように、そう言った。

「なんか、勢いでニット脱いだら、急に恥ずかしくなったわ」

「あ、あの、僕も脱ぎましょうか」

「そうね。先に脱いで」

失礼します、と言って、ジャージの上を脱ぐ。そしてTシャツも脱ぎ、上半身裸になる。

「あら、こっちも勃ってるわね」

と言って、美菜がさっそく、乳首に手を伸ばしてきた。摘まんでくる。

「あっ……」

こちらに来て、乳首がやたら敏感になっている気がする。

「下も脱いで。全裸よ」

「ぜ、全裸ですか……」

「そうよ。瑠理さんをお迎えする時は、全裸で、おち×ぽは必ず、勃起させていることとね」

と乳首をいじりつつ、美菜がそう言う。

「裸で迎えて、ち×ぽも勃起させてたら、失礼じゃないんですか」

「むしろ、勃起させてない方が失礼ね。さあ、脱いで」

と言われ、俊哉はキッチンでジャージの下とブリーフを共に下げていく。びんびんのペニスがあらわれた。美菜のニット巨乳を見た時から、ずっと勃起している。

こちらに来て、瑠理と美菜の相手をしていたが、まだ射精していない。寸止めが続いていることもあり、すぐに勃起していた。

「ブラ、脱がせて」

と言って、美菜が抱きついてくる。

俊哉は背中に手をまわす。もちろん、女性のブラを外すなんて、初めてだ。

しかも、いきなり見えない状態でのブラ外しだ。難易度が高すぎる。

ホックを摑む。なかなか外れない。

美菜は抱きついたまま、じっと待っている。美菜の肌から甘い匂いが漂ってきている。これは一日現場で働いてきた証《あかし》の汗だ。

はやく、じかに乳房に顔を押し付けて、この汗の匂いを吸い込みたい。

ホックが外れた。

った。

「外れましたっ」

と思わず声に出す。

美菜が離れる。すると、豊満なふくらみに押されるようにして、ブラカップが下がった。

「ああ、美菜さんっ」

と巨乳が露わになるなり、俊哉はゆるしも得ずに、顔面をじかに埋めていく。

「もう……そんなに飢えているの」

「飢えてますっ」

そう叫んで、ぐりぐりと巨乳に顔面を埋める。汗の匂いに顔面が包まれる。

「あ、ああ……」

美菜が甘い喘ぎを洩らし、ペニスを摑んできた。

「ああ、硬いわ……ああ、やっぱり、おち×ぽ、いいわね……」

美菜が火のため息を洩らしつつ、しごいてくる。

「お腹空いたわ。ご飯にしましょう」

と突然言うと、美菜はキッチンから出て行った。

幸せ過ぎる巨乳顔埋めを不意に中断され、俊哉は少し残念だったが、気を取り直して食事の準備をはじめた。裸のまま急須にお湯を入れると、お盆に急須と湯飲みをふたつ置き、リビングに戻る。

「先に、いただいているわ」

テーブルは低く、美菜はカーペットにじかに座って弁当を食べている。

巨乳を露わにしたまま、ミニスカートだけを身に着けて、弁当を食べているのだ。

「こういうの、好きかな、と思って」

はにかむように、美菜がそう言う。大胆に乳房を露出させているのに、恥じらうように真っ赤になっている。

「好きですっ。大好きですっ」

俊哉は全裸のまま、差し向かいに座り、弁当を食べる。

これから、こんな暮らしが日々続くことになるのだろうか。これが仕事とは極楽過ぎる。

瑠理と美菜を気持ちよく働かせることに専念しなければ。

箸《はし》で肉を取り、口へと運ぶ。すると、正面に美菜の乳房がある。美菜の乳房を見ながら食べる牛肉はまた格別だった。

しかし巨乳は素晴らしい。ずっと見ていても、まったく見飽きない。

「ああ、なんか、俊哉さんに見られていると……お腹、いっぱいになっちゃった」

と美菜が言う。俊哉は逆に巨乳を見ていると、食欲がさらに上がった。

瑠理が帰ってくる八時が近づいてきた。

弁当も食べ終わり、

「じゃあ、私はこれで。また明日ね」

とニットを着た美菜が出て行こうとする。

「えっ、美菜さん、帰っちゃうんですか」

「瑠理さんの邪魔しちゃ悪いでしょう」

「じゃあ、あの……おねがいがあるんですけど」

「なにかしら」

「は、磔に、してください」

ずっと考えていたことだった。

「ああ、そうね。いい考えね。さすが、真・福利厚生課ね」

美菜が笑顔を見せる。

俊哉は全裸のまま、磔柱に背中を当てた。両腕を斜め上にあげていく。手錠は近くの量販店で買っていた。チープなパーティグッズのようなものだったが、そこまでガチガチの本物にする必要はないだろう。

美菜が手錠を手にした。

「いいのね」

「おねがいします」

美菜が俊哉の右手首を拘束する。そして左手首にも手錠を掛けた。

これで両腕は動かせなくなった。

「どんな感じかしら」

俊哉を拘束した途端、美菜の目が光る。胸板をなぞり、乳首を撫でてくる。

「あっ……」

せつない刺激を覚え、俊哉はいきなり声をあげる。拘束されて、乳首が敏感になっている。

「あら、もしかして、俊哉さんってMかしら」

さらに美菜の目が光り、乳首を摘まむと、ひねってくる。

「あ、ああ……」

ペニスがひくひくと動く。

美菜は乳首から指を引いた。もっとひねっていて欲しかった、と思わずどうして、と美菜を見てしまう。

美菜はうふふ、と笑い、二の腕の内側から腋の下を指先でなぞりはじめる。

「ああ……」

くすぐった気持ちいい感覚に、俊哉は裸体をくねらせる。

「さっきから、おち×ぽ、ずっとぴくぴくしているわね」

ペニスが触って欲しい、と訴えている。我慢汁がどろりと出てくる。

「ああ、もっといじめていたいけど、瑠理さん、帰ってくるわね。じゃあ、また明日。お疲れ様」

と言うと、美菜が去って行く。

「ああ、美菜さん……」

俊哉はペニスをひくつかせて、美菜を見送る。

一人になった途端、心細くなる。

するとすぐに美菜が、ニットの巨乳を揺らし、戻って来た。俊哉のネクタイを手にしている。

「裸だけじゃ失礼だから、やっぱりネクタイをしておいた方がいいと思って」

俊哉の部屋に入り、ネクタイを取ってきたようだ。すでにもう、出入りし放題となっている。

美菜が近寄り、ネクタイを首に掛けてくる。裸の俊哉にネクタイを結んでくれる。

女性にネクタイを結んでもらったことがない俊哉は、それだけでも、ぞくぞくして、ペニスをひくつかせる。

「これでいいわ。素敵よ、俊哉さん」

美菜が手鏡を俊哉に向けてくれた。

全裸で両腕を拘束され勃起させつつも、ネクタイを締めている情けない姿が映っていた。

が、それを見て、俊哉はさらにペニスを太くさせていた。

「ああ、すごいわ」

美菜がしゃがみ、ペニスの胴体をぺろりと舐めあげてきた。

「あっ、美菜さんっ」

思わず射精しそうになった。

「だめよ。出したら」

じゃあ、と言うと、美菜は去って行った。

# 第三章　熟妻に焦らされて

## 1

一人になると、俊哉は我に返る。

全裸で磔状態で瑠理を迎えるなんて、まずいんじゃないか、と急に弱気になる。美菜とふたりの時はいいアイデアだと思ったが、こうしていると、やめた方がいいような気がしてくる。

手錠を外そうと思い、手首を動かすものの、まったく外れない。見た目はチープだったが、妙に頑丈だ。

まずい、と思っても、ペニスは相変わらず勃起させたままだ。

『俊哉さんって、Mかしら』

と美菜に言われたが、そうかもしれない。普通、この状況だと美菜がいなくなった途端、萎えるのではないのか。

携帯が鳴った。テーブルにある。

まずい、と思った。携帯に出ることを想定していなかった。ディスプレイが見える。

本郷瑠理とある。

その名前を見た瞬間、射精しそうになった。

なんてことだ。瑠理の携帯に出られないことで、興奮しているとは。

携帯は鳴り続ける。まずい、出ないと。

手首を激しく動かすが、やはり、びくともしない。

鳴り止んだ。

いったい、どんな電話だったのか。気になる。

また鳴りはじめた。瑠理からだ。

「瑠理さんっ、すいませんっ、出れませんっ」

なかなか電話に出ない俊哉を思い、瑠理が怒っている顔が脳裏に浮かぶ。

俊哉は震えつつも、さらにペニスを勃起させていた。大量の我慢汁が出て、胴体まで濡らしはじめる。

携帯が鳴り止んだ。リビングが静かになる。

もう八時は過ぎているころだ。もうすぐ、瑠理が帰ってくるはずだ。

今か今かと思ったが、瑠理はなかなか帰って来ない。遅くなる、という電話だったのかもしれない。

待たされていたが、勃起は収まらない。

裸でネクタイだけを締めて、こうして待っている状態に、ずっと興奮している。

チャイムが鳴った。

瑠理さんだっ、と思った途端、どろりと大量の我慢汁が出た。

またチャイムが鳴る。ペニスがひくつく。

ドアが開く音がした。

心臓がばくばくしてくる。ペニスはずっとひくついている。

瑠理がリビングに姿を見せた。美菜同様、コートを着ていた。

「あら……なるほどね」

全裸で磔状態の俊哉を見て、瑠理がうなずく。携帯に出られなかったわけがわかったようだ。

「お疲れ様です、瑠理さん。こんな格好で、失礼します」

「失礼ね」

と瑠理がにらみつけてくる。

「あっ、すいませんっ」

「失礼すぎるわ」

「すいませんっ」

俊哉はあせった。喜んでくれると思っていたが、裏目となった。こうなると、自分で動けないのはつらい。

「あの、手錠、外してくださいっ」

「いやよ」

と瑠理が言う。そしてコートを脱いだ。

「ああ……」

瑠理もニットのセーター姿だった。しかも、ノースリーブだった。さらに、スカートは超ミニで、白い生足が付け根近くまで露出していた。

あせって萎えそうだったペニスが、すぐに力を取りもどす。

「すごい我慢汁ね」

と言いつつ、そばに寄ってくる。

美菜ほどではないが、瑠理も乳房は豊かだ。一歩近寄るにつれ、胸元が動く。

「すいませんっ。手錠を外してください。おねがいします」

「いやよ」

そう言って、鎌首を摑んできた。手のひらで包むと、撫でてくる。

「あ、ああっ……それ、いけませんっ」

瑠理は鎌首を撫でつつ、右の乳首を摘まんできた。こりこりところがしてくる。

「あ、ああっ、いけませんっ……」

「ネクタイはしているのね」

乳首を摘まんでいた手を上げて、ネクタイを摑む。そして、ぐっと手前に引く。

俊哉の顔が前に出て、瑠理の美貌に接近する。

「キスしたそうな顔をしているわね」

「いいえ……そんなことは……ありません」

「あら、私とキスしたくないのかしら」

「し、したいですっ」

「じゃあ、やっぱりキスしたそうな顔をしているということね」

「すいません……」

と俊哉は謝る。

「正直に言いなさい」

「はい。キスしたいですっ、瑠理さんとキスしたいです」

瑠理がさらにネクタイを引いてきた。俊哉は口を寄せていく。

「失礼な男とはキスしないわ」

と言って、瑠理がネクタイから手を離す。

「ああ、すいませんっ。こんな格好でお迎えしてしまって、すいませんっ」

「疲れたから、お風呂に入るわ。入っていいかしら。それとも、このままの方いいかしら」

「えっ……」

「どっちがいいかしら、俊哉さん」

そう言って、瑠理がしなやかな右腕を上げて見せる。

腋の下があらわれた。そこはわずかに汗ばんでいた。

甘い薫りが、俊哉の鼻孔に流れてくる。

「あの、そのままで……おねがいします」

「女に汗を流させないのね」

と瑠理が美しい黒目でにらんでくる。

「すいませんっ」

「いいわ。じゃあ、お風呂には後で、いっしょに入りましょう」

「い、いっしょに、お風呂っ」

そこで、危うく暴発しそうになった。

「ずっと勃起させていて、一度も出していないんでしょう」

「はい、出していません」

「美菜相手にも出していないのね」

「出していません」

「つらいわね」

「いいえ……大丈夫です」

「あら、そうなの」

つらい、と言った方が良かったか。

「まさか、こんな姿で迎えられるとは思っていなかったわ。綾乃に教えてあげようかしら」

そう言うと、瑠理が携帯を出し、裸ネクタイ礫の俊哉の姿をぱしゃりと撮った。

「送るね」

「ああ、瑠理さん……課長には……」

「いい仕事しているわよ、という報告よ」

と言って、写メを綾乃に送った。

「今日、とても気持ち良く仕事が出来たの。あなたのお陰よ、俊哉さん」

「そう言って頂けると、うれしいです」

「お礼をしたいの。ここがいいかしら」

と言って、また、瑠理が右腕を上げる。腋の下があらわれる。汗ばんだ腋のくぼみは、たまらなくそそる。

「おねがいします」

うふふ、と瑠理が笑う。

「おち×ぽが、ひくひくしておねがいします、と言っているみたいね」

瑠理が右腕を上げたまま、磔俊哉の前に立つ。そして、右の腋の下を、俊哉の顔面に押し付けてきた。

「う、うう……」

顔面が、瑠理の腋の下の匂いに包まれる。ただの匂いではない。工事現場で一日働いた証の匂いだ。尊くも、そそる。

瑠理は腋の下を押し付けつつ、左手で乳首を摘まんできた。

「うう、ううっ」

腋と乳首のダブル責めに、俊哉はくらくらする。

瑠理が腋の下を引いた。

「舐めたいかしら」

と聞いてくる。目がとろんとしている。瑠理自身、腋《わき》の下の押し付けで昂《たか》ぶっているようだ。

「舐めたいですっ。舐めさせてくださいっ」

俊哉は叫ぶ。もしかしたら、隣の美菜に聞こえているかもしれない。が、全裸礫を手伝ってくれて、ネクタイまで締めてくれたのは、美菜なのだ。もう、生き恥は晒しまくっている。

瑠理が再び、腋の下を寄せてきた。今度は口に当ててくる。

「ありがとうございますっ」

と叫び、俊哉は口を押し付ける。そして、舌を出すと、瑠理の腋のくぼみをぺろりと舐めた。

「ああっ……あんっ、やんっ……腋なんて、あんっ、だめよ……ああ、ああ……」

瑠理が予想以上に敏感な反応を見せた。どうやら、夫に開発されているのか。

そうなるともう、一年半も舐められていないことになる。

それは欲求不満で職場でもいらいらするはずだ。

俺が、私が、癒やして差し上げます、瑠理さんっ。

俊哉はぺろぺろ、ぺろぺろ、と瑠理の腋のくぼみを舐め続ける。

「ああ、あんっ、やんっ……」

瑠理が甘い声をあげて、さらに汗ばんでくる。

「はあっ、あんっあんっ」

なんか、いきそうな声をあげている。まさか、腋の下舐めだけで、いくのかっ。

## 2

瑠理の携帯が鳴った。

瑠理がはっと我に返り、テーブルに戻る。

「はい。綾乃、今、俊哉さんにお礼をしているところよ。とても素敵な部下を送り込んでくれて、感謝するわ」

瑠理がこちらに寄ってくる。そして、スピーカーフォンにした。

「武田くんっ、早速活躍しているそうね」

と携帯から綾乃課長の声がした。

「課長っ、お疲れ様ですっ」

部下気質が出て、礫状態でもぴんと背中を反らせる。

「初日から予想以上の効果が出ているわ。このまま、頑張ってね」

「はい、課長っ」

「ずっと寸止め状態なんですって？」

と綾乃が聞いてくる。

「は、はい……」

出させてあげて、と綾乃が言うのを期待する。

「耐えてね」

と綾乃が言う。まったくの期待外れだった。

「耐えます、課長」

「耐えているところを見たいわ」

と綾乃が言った。なんという上司なんだ。どろりと大量の我慢汁が出る。

「あら、すごいわ。綾乃さんが耐えるところを見たいと言ったら、すごい我慢汁が出たわ」

と言って、瑠理が左手でそろりと先端を撫でる。

「ああんっ」

それだけで、俊哉は甲高い声をあげた。

かなり敏感になっている。全裸磔、腋の匂い、そして、それが綾乃にも伝わっている状況に、かなり昂ぶっているのだ。

なんてことだ。萎えていてもおかしくない状況なのに、びんびんにさせたままどころか、うれしそうに大量の我慢汁まで出している。

でも、これでいいのだ。会社のためには、俊哉の出世のためには、これがいいのだ。

綾乃も瑠理も喜んでくれている。

瑠理は先端を撫でつつ、俊哉の顔にカメラ撮影をＯＮにした携帯を寄せていく。

「あ、ああんっ……」

情けない顔を携帯越しに、東京本社にいる人妻上司に見られている。

「いい顔よ、武田くん。ああ、私もそっちに行きたくなったわ」

綾乃の声が甘くかすれてきている。情けない俊哉の顔を見て、感じているのだろうか。

「ほら、見て」

と今度はペニスに携帯を向ける。

鎌首を我慢汁まみれにさせたペニスが、またも、携帯を通して、東京本社に送られる。

「あら、すごいわね」

綾乃に見られていると思うと、さらに我慢汁が出る。ひくひく動きっぱなしだ。

「舐めたくなったわ」

と言うと、瑠理がしゃがんだ。携帯をペニスに向けたまま、先端に唇を寄せてくる。すごい。綾乃に自分のフェラ顔をリアルタイムで送るつもりか。

瑠理がぺろりと先端を舐めた。

「あっ……」

ぞくぞくっとした快感に、俊哉は腰を震わせる。

磔にされて、東京にいる綾乃に見られながらの、瑠理のフェラに、俊哉は異様な興奮を覚えていた。

その証拠に、舐めるそばから、あらたな我慢汁が大量に出てくる。

それを瑠理は綾乃に見せつけるように、ぺろぺろ舐めてくる。

「ああ、美味しいわ。俊哉くんの我慢汁、おま×こに来るわ」

そう言いながら、舐め続ける。

瑠理が唇を大きく開いた。ぱくっと先端を咥えてくる。

鎌首が瑠理の口の粘膜に包まれ、俊哉は、ああっ、と喘ぐ。

瑠理に強く吸いあげられた。

「いいわ。仕事が終わったら、硬いおち×ぽがあると思うと、ぜんぜん違うのね。おち×ぽって偉大だわ」

「そうね」

綾乃の声も甘くかすれている。部下のち×ぽを吸う瑠理を見て、昂ぶっているようだ。

「福利厚生で、おち×ぽを届けてくれたのは、大正解よ。ここに来て、一年半になるけど、男無しでの一年半はけっこうつらいもの」

「そうよね」

と綾乃が答える。

瑠理は俊哉の鎌首を吸いつつ、綾乃と携帯で話し続けている。

鎌首を吸って、唇を引き、ひとしゃべりすると、また咥えてくる。

「ああ、吸っても吸っても、どんどん出てくるわね。ああ、出したいのね、俊哉さん」

と瑠理が聞いてくる。

「出したいですっ」

「どこに出したいのかしら」

「えっ、そ、それは……」

「私のお口？　それとも、私のおま×こかしら」

そう問うと、じゃあね、と綾乃に言い、携帯を切る。そして、ミニスカートの裾をたくしあげはじめる。

ミニゆえに、すぐに、瑠理の恥部があらわれる。透け透けの白のレースパンティが貼り付いている。昼間は黒だったから、仕事の後、パンティも着替えているのだ。

それを、瑠理は脱いでいく。瑠理の恥部があらわれる。

すでに、工事現場で見ている。ひと握りの陰りが恥丘を飾っている。剝き出しの割れ目は閉じている。

「ああ、私も寸止めのままだから、いきたいの。わかるでしょう」

「わかります、瑠理さん」

瑠理は仕事に支障が出ないようにと、クリ吸いでいく前にやめさせたのだ。

「今夜は、気が狂うほどいきたいの。わかるでしょう」

「はい、わかります。僕もいきたいです」

「それはだめよ」

「えっ……」

「だって、俊哉さんがいったら、すぐには勃たないでしょう。それは困るわ。ずっと勃っていてもらわないと」

「そ、そうですね……でも、すぐに勃ちます」

「それはどうかしら」

と言いながら、瑠理がパンティを下げていく。

そしてミニスカートも脱いでいった。

ノースリーブのニットのセーターだけになる。これはこれでエロい。

瑠理は割れ目に指を添えると、俊哉の前でくつろげていく。

露わになった花びらを、俊哉は食い入るように見つめる。

「ああ、その目よ。その目、感じるわ。見て、ずっとどろどろなの。仕事中もどろどろだったのよ。現場で、他の男性に私のおま×この匂いを嗅がれるんじゃないか、とひやひやしていたわ」

「そうですか」

おま×こが露わになった途端、ペニスがひくついている。ひくつきが止まらない。

この状態であのぬかるみに入れたら、即出しそうだ。それは避けなければ。

自分だけ気持ちよくなってはだめだ。これは真・福利厚生課の仕事なのだ。自分の欲望だけ満たしては意味がない。

瑠理を満足させなければならない。しかし、童貞を卒業したばかりのち×ぽで、三十八才の人妻を満足させられるのだろうか。

「今から、入れさせてあげるけど。わかっているでしょうけど、私がいく前にいってはだめよ」

「わかっていますっ」

俊哉は自分に言い聞かせるように、しっかりうなずく。

「勝手に出したら、即、出て行ってもらうわ」

「それは困りますっ」

「じゃあ、勝手にいかないことね」

瑠理はずっと割れ目を開いたままだ。こうして話している間も、あらたな愛液が出てきている。肉の襞がはやく欲しいとずっとざわついている。

それを見ているだけでも、出しそうだ。

とにかく、童貞を卒業したばかりの男にとって、あまりに刺激が強すぎるのだ。

そもそも、ノースリーブのニットだけで、おま×こを露わにさせている姿自体がエロすぎる。磔にされている俊哉自身も向こうから見れば、エロすぎるはずだ。

瑠理が割れ目を開いたまま、迫ってくる。魅惑の穴が迫ってくる。

「ああ、いかせて、俊哉さん」

と言うなり、瑠理が抱きついてきた。

## 3

先端が燃えるような粘膜に包まれた。そのままずぶずぶと入っていく。どろどろの粘膜に包まれていく。

「あうっ……硬いわ……」

「ああ、瑠理さんっ……おま×こ、おま×こ、いいですっ」

さらにしっかりと抱きついてくる。ペニスは先端から付け根まで、完全に瑠理のおま×こに包まれた。

それだけでも充分だった。ちょっとでも気を抜けば出しそうだ。

「突いて、俊哉さん。あなたのおち×ぽで、瑠理をいかせて」

火の息を吐くように、瑠理がそう言う。

はいっ、と俊哉は腰を前後に動かしはじめる。が、やはり突きが弱い。磔状態ということもあったが、やっぱり、激しくすると即出そうだったからだ。

「あんっ、じらさなくていいの。思いっきり突いて」

じらしているわけではない。出そうなのだ。

「もう、じれったいわね」

瑠理がネクタイを摑むと、自ら繫《つな》がっている股間を前後に動かしはじめた。

「あ、ああっ、いいわっ」

媚肉全体で、俊哉のペニスを貪り食ってくる。

「ああ、ああ、瑠理さんっ、ああ、動きすぎですっ」

瑠理はネクタイを摑んだまま、腰を激しく前後に動かし続けている。

ぬちゃぬちゃと股間から淫《みだ》らな蜜音が聞こえてくる。

「じっとしていないで、突いてっ、ああ、瑠理をいかせてっ、瑠理、いきたいのっ」

と瑠理が叫ぶ。きっと隣の美菜にも聞こえているはずだ。

俊哉は覚悟を決めて突いていく。

「ああ、いいっ、そうよっ、ああ、やれば出来るじゃないのっ……あああ、そうよっ、突いて、突いて、突きまくってっ」

瑠理が歓喜の声をあげ続ける。ニットセーターだけのからだから、甘い汗の匂いが立ち昇ってくる。それはかなり濃くなっていた。

俊哉は暴発していないことを神に感謝する。すぐに出したら、東京に戻されると思うと、火事場の馬鹿力が出ていた。射精ぎりぎりで、踏ん張ることが出来ていた。

しかし、綾乃相手の初体験が公園のトイレで立ちバックで、ふたりめの体験が、礫状態で立ったまま腰を振り合っているとは。

美菜相手では普通のエッチがしたい。そうだ。美菜ともやれるのだ。

と思った瞬間、俊哉は暴発していた。

「おうっ」

と吠えて、射精する。

「あっ、うそ、うそ……、ああっ、あああっ」

凄まじい勢いで、ザーメンが噴き出している。人妻の子宮を叩いていく。

それを受けて、

「あっ、い、いく……いくいくっ」

と瑠理がいまわの声をあげた。

瑠理をいかせたと思うと、俊哉はあらたな力を得た。脈動しつつ、突いていく。

「ああ、ああっ、すご、すごいのっ……また、いくいくっ」

瑠理が続けて気をやる。

まだ脈動は収まらない。ザーメンと亀頭で子宮を叩き続ける。

「ひぃっ、いくいくぅ……」

瑠理はニットセーターだけのからだをがくがくと痙攣させ続けている。

ようやく、脈動が収まった。

瑠理ははあはあと荒い息を吐いて、アクメを迎えた余韻に浸っている。

「ああ、すごいわ……すぐに出したのは減点だけど、ザーメンの勢いが凄まじかったわ……ザーメンを子宮に浴びながら、続けていったのは、初めてよ」

瑠理に初めての経験を与えたことに、俊哉は喜びを覚える。

すると、ペニスがぴくっと動いた。

それを、瑠理のおま×こがぎゅっと締めてくる。

「ああ、瑠理さん……」

瑠理のおま×こはさらに強く締めてくる。萎えることをゆるさないわよ、という強い意志が感じられる。

「動かして」

火の息を吐くように、瑠理がそう言う。

「はい……」

と俊哉は腰を動かしていく。締め付けはすごかったが、大量に出したからか、萎えはじめる。

すると、瑠理が繋がったまま、ニットのセーターを脱いでいく。ブラに包まれたバストの隆起があらわれる。

瑠理は、暑いわね、と言いつつ、ブラを取った。

俊哉の目の前で、人妻の乳房が揺れた。乳首は真っ赤に充血していて、ぷくっととがりきっている。

人妻現場監督の生乳を見た途端《とたん》、瑠理の中でペニスがぐぐっと力を取り戻していく。

「ああ、すごい……大きくなっていく……ああ、瑠理のおま×この中で……ああ、おち×ぽ、大きくなっていくの」

そう言うと、瑠理が唇を寄せてきた。俊哉の口を奪うと、ぬらりと舌を入れてくる。

瑠理の唾液は濃厚だった。

「うんっ、うっんっ、うんっ」

ち×ぽだけではなく、俊哉の舌も貪り喰ってくる。

貪りながら、今度はじかにたわわな乳房を俊哉の胸板に押し付けてくる。甘い汗の匂いが薫り、乳首を乳首でなぎ倒され、俊哉は一気に勃起を取り戻していく。

「ああ、すごいっ、どんどん中で大きくなっていくわ。寸止めにしてなくても、こんなにすぐに勃つなら、何度でも出した方がいいのかしら」

「いや、わかりません……これは二発目だから、勃っているのだと思います」

「じゃ、今度こそ、寸止めがいいのかしら」

「いや、それも……つらいです」

「ああ、このまま突いて。そうだわ。今度は後ろからね」

と言うと、ずっと繋がっていた股間を引いていった。

どろりとザーメンをあふれさせつつ、俊哉のペニスが瑠理の中から抜けていく。

「すごい出たわね。それでもう、こんなになっているなんて、すばらしいわ」

とすぐに勃起するち×ぽを褒められる。ち×ぽだって、俊哉の一部だ、いや俊哉そのものだ。褒められて悪い気はしない。

瑠理が背中を向けた。むちっと熟れた双臀が突き出される。

おっぱいばかりに目がいくが、尻も三十八の人妻らしく熟れ熟れだ。

「今度は立ちバックね。経験あるかしら」

首をなじってこちらを見つつ、瑠理が聞いてくる。

「あります」

「あら、すごいのね」

「初体験がそれでした」

「そうなのね」

瑠理がペニスを摑んでくる。ザーメンまみれだったが、まったく構わない。

そして、尻を寄せてくる。

俊哉はされるがままだ。というか、両腕を拘束された状態では、こちらからはなにもしようがない。

が、それが俊哉にとってもいいことに気づく。美人人妻相手に、俊哉主導でエッチを進めるなんて至難の業《わざ》だ。

先端がぬかるみに触れた。と思った次の瞬間、ずぶずぶとペニスがぬかるみに入りこみ、咥えこまれていく。

「あっ……」

瑠理が汗ばんだ裸体を震わせる。

「うう……」

俊哉も磔にされているからだを震わせた。

瑠理が動きはじめる。今度は双臀を前後に動かす。

「ああっ、ああ、いいわ……すごく硬いの……ああ、すごく大きいの……素敵よ、俊哉さん」

俊哉のペニスを立ちバックで貪りつつ、瑠理がそう言う。

瑠理は激しく尻を前後させる。

「いい、いいっ、じっとしてないで、突いてっ。今度は私がいけるまで突けるでしょうっ」

「はい、突けますっ」

俊哉も腰を前後させる。尻の狭間《はざま》をペニスが出入りするのがわかる。立ちバックは視覚的にも刺激的だ。

ザーメンまみれだったペニスが、いつの間にか、瑠理の愛液に塗り変わっている。

「もっとっ、もっと突いてっ、このままいかせてっ」

瑠理が叫ぶ。俊哉も今度はペニス突きでいかせたい、と激しく腰を動かしていく。

「いいわっ、もっとっ、ああ、おっぱい揉んでっ」

「出来ません」

「どうして。突きながら、おっぱい揉めるでしょう」

「だから、無理です」

「じゃあ、お尻、ぶってっ」

瑠理の尻を叩く……！　できれば、やってみたい。

「ああ、おち×ぽ、大きくなったわ。ぶちたいのねっ。瑠理のお尻、ぶちたいのね、いいわ。ぶってっ、たくさんお仕置きしてっ」

瑠理にはお仕置き願望があるのか。磔にされた俊哉を見て喜ぶSかと思っていたが、真性のSではないようだ。

「ぶてませんっ」

どうして、と瑠理がこちらを見る。

「ああ、そうか、無理よね」

手錠を外すのかと思ったが、違っていた。

「そのままいかせてっ」

瑠理は礫男からの責めをのぞんでいるようだ。

俊哉は渾身の力を込めて、瑠理の媚肉を突きまくる。

「いい、いいっ、いきそう……ああ、いきそうよっ」

「ああ、僕もいきそうです」

「だめっ、俊哉さんはだめっ。瑠理だけいくの。私だけいっていいのよっ」

そんな……。

「ああ、また大きくなったわっ、あ、ああ、いきそう、ああ、瑠理、いきそう」

「僕もいきそうですっ」

「だめっ、絶対だめっ。出したら、即、出て行ってもらうわっ。もちろん裸でねっ」

鬼だっ。

「ああ、い、いく……いくいくうっ」

瑠理がいまわの声をあげて、激しく汗まみれの裸体を痙攣させた。

「よかったわ。汗かいちゃったから、シャワー浴びてくるわ。お風呂沸かすの、待てないから」

と言うと、俊哉のペニスをおま×こから抜き、そのままぷりぷりと尻をうねらせながら、リビングから出ようとする。

「あっ、手錠はっ？」

尻を見ながら、そう声を掛ける。

「そのままでいいわ」

そう言うと、瑠理は浴室に消えた。

ひとりになると、急にさびしくなる。瑠理の愛液まみれのペニスが、ひくひくと動いている。

ひとり、磔にされたまま待っているのはつらい。けれど、ペニスは反り返ったままだ。

ドアが開く音がした。

## 4

美菜がリビングにあらわれた。

なんと、裸にバスタオルを巻いただけの姿だった。ボブカットが濡れている。風呂上がりの姿がたまらない。

「瑠理さんは、お風呂ね」

「はい……」

ペニスのひくつきが止まらない。美菜のバスタオル一枚の姿を見て、あらたな我慢汁を出してしまう。

「お風呂に入っていたら、瑠理さんのすごい声が聞こえてきて、びっくりしたわ。いくいくって」

と言って、頬を赤らめる。

美菜の、いく、という声を聞いて、さらに我慢汁を出す。

「あら、私の、いく、という声で、感じたのかしら」

そう言いながら、美菜が近寄ってくる。石けんの匂いがする。瑠理の汗の匂いも良かったが、美菜の柔肌から出てくる石けんの匂いもたまらない。

「寸止めだったのね、瑠理さんもひどいわよね。自分ばっかりいきまくって、俊哉さんを寸止めで放っておいて、お風呂なんて」

思わず、はいと頷《うなず》きそうになり、あわてて、

「そんなことはないです」

と打ち消した。

「うそ、ひどいって思っているんでしょう」

と言って、我慢汁まみれの先端を手のひらで包み、まわしはじめる。

「ああっ、それっ、それ、だめですっ」

「なにがだめなのかしら」

手首のスナップを利かせ、先端だけを包み撫でしてくる。

「あ、ああ、あああっ」

俊哉は磔にさせているからだをくねらせる。気持ち良すぎて、とてもじっとしていられない。

「いきたいかしら」

「い、いや……手ではいきたくありません」

「あら、贅沢なのね。おま×この中にしか出したくないのかしら」

「は、はいっ。おま×こにしか出したくありませんっ」

自分で返事をしつつ、確かに贅沢になったと実感する。一週間前までは、童貞だったのだ。

「もう、しょうがないわね」

と言いつつ、美菜がバスタオルを取った。

ぷるるんっと巨乳があらわれた。巨乳だけではない、下腹の陰りも割れ目も露わとなった。

美菜の陰りも、瑠理同様、薄かった。手入れしているのだろう。

「ああ、美菜さんっ」

美菜の全裸を前にして、俊哉は大量の我慢汁を出す。すでに反り返った胴体まで垂れている。

「寸止め、すごかったのね」

「は、はい……」

「瑠理さん、ひどいわよね」

思わず、はい、と言いそうになる。

「いいえ、そんなことは……ありません」

「あら、寸止めされるのが嬉しいのね」

「い、いや、そういうわけではっ」

美菜が我慢汁まみれのペニスの肉茎を掴んだ。そのまま裸体を寄せてくる。

えっ、いきなり繋がるのかっ。

こちらに来て、まだ一日経《た》っていなかったが、瑠理に続いて、美菜とも繋がれるのかっ。

先端に美菜が割れ目を押し付けてきた。

一気に呑み込まれていく。

「あうっ、ああ……大きいわ」

根元まで咥えこむと、美菜が熱い息を吐く。

「あ、ああ美菜さん……いきなりすごいです」

「いやだったかしら」

「いいえ、いやだなんてこと、ありませんっ」

「突いて」

はいっ、と俊哉は腰を前後に動かしはじめる。

美菜は人妻とはいっても、まだ二十六だ。おま×こはかなり窮屈《きゅうくつ》だった。かなり締まりがきつい。肉襞をえぐりとる感じだ。

「ああ、もっと強くちょうだい」

はいっ、と腰に力を入れる。

「あんっ、もっとっ」

美菜がねだってくる。

俊哉は渾身の力を込めて、突いていく。さっき、瑠理の中に出したばかりなので、射精せずに保《も》たせることが出来た。

「ああっ、いいわっ、もう、いきそう……」

と美菜がはやくも、気をやりそうな声をあげる。

「僕も、いきそうですっ、いっていいですか」

「だめよ」

甘くかすれた声で、美菜が冷たいことを言う。

「ああ、でも、もう……」

出る、と思った瞬間、美菜がさっと股間を引いた。

ぎりぎりの寸止めにあい、ペニスがひくひく動く。

「だめよ、出しちゃ」

「すいません……」

「瑠理さんの許可なく、勝手に出してはだめよ。これは、オナニーでもそうよ。まあ、オナニーする暇なんてないと思うけど、オナニーでも出す時は、必ず、瑠理さんの許可を得てね」

そう言いながら、美菜がつんつんと鎌首を突いてくる。それだけでも出そうで、俊哉は懸命にこらえる。

「あら、すごいあぶら汗ね」

美菜が美貌を寄せて、胸板に出た汗を舐めてくる。

当然のことながら、乳首に舌が向かう。舐められると思ったが、違っていた。乳首のまわりを舐めるが、乳首は舐めてこない。

「ああ、美菜さん……いじわるしないでください」

「だって、乳首舐めたら、出しそうじゃないの」

「乳首を舐められただけでは、出しません」

「どうかしら」

美菜が胸板から腋の下を舐めてくる。

「あんっ」

いつの間にか、腋の下も敏感になってしまっている。磔にされて、人妻陣のおもちゃになったおかげで、からだが女性のようになってしまったのか。

美菜は腋の下から二の腕の内側を舐めあげてくる。

「はあっ、ああ……」

ぞくぞくした刺激に、ペニスがひくつく。

美菜の舌が腋の下に戻ってくる。ぺろりと舐めつつ、乳首を摘《つ》まれた。

「あっ……」

同時責めに、俊哉は喘ぐ。

美菜はぺろぺろ舐めつつ、乳首をひねってくる。

「あ、ああ……だめです……出ますっ」

「うそっ」

美菜があわてて舌と指を引いた。

「あら、美菜さんも来たのね」

瑠理がシャワーから出てきた。バスタオルで洗い髪を包んでいる。そのぶん、裸体は隠していない。

肌がピンクに上気している。

瑠理が寄ってきて、頭からバスタオルを取る。そして、髪をバスタオルで拭《ふ》いていく。水滴が、俊哉の顔にかかる。

それを受けつつ、出そうになる。もうなにをされても、出しそうだ。

「腋舐めと乳首だけで、いきそうになったんですよ」

「あら、たった半日で、ヘンタイ度が増してきたわね」

「すいません……」

目の前に、瑠理と美菜の裸体がある。どちらからも、石けんのいい匂いがしている。美菜ははやくも汗ばんできていて、石けんの薫りに美菜の体臭も混ざりはじめていた。

「なんか、俊哉くん、汗臭いわよね」

「すいません……」

「洗ってあげましょうか。そうよ、ふたりで洗ってあげるわ」

と瑠理が言い、外してあげて、と美菜に言った。

美菜が、はい、と返事をして、ずっと俊哉の手首を拘束していた手錠を外す。両手が自由になり、なぜかホッとする。と同時に、ずっとびんびんだったペニスが萎えはじめる。

「えっ、なにっ。手錠外されて、小さくしているのかしら」

と美菜が言う。

「手錠したままの方が良かったかしら。ほら、大きくさせなさい」

と瑠理がにらんでくる。美しい黒目でにらまれると、ぐぐっと力を取りもどしていく。

「よし。じゃあ、シャワー、浴びようかしら」

と言うと、瑠理がペニスを摑んできた。摑んだまま、リビングを歩く。

「あっ、瑠理さんっ」

摑まれ、引っ張られた瞬間、俊哉は思わず出しそうになった。

どうにか耐える。瑠理の部屋をザーメンで汚してはいけない、という一心だった。

**5**

ペニスを引かれるまま、ネクタイを外すと、浴室に入った。

なかなか広い浴室だ。俊哉の住んでいるアパートの浴室とは違う。

中に入ると、すぐに頭からシャワーの飛沫を掛けられた。

そして瑠理はボディソープを泡立て、俊哉の胸板に塗《まぶ》してくる。その時、泡で乳首をなぞられ、俊哉は、あんっ、と声をあげた。

「乳首、感じやすいのね」

と言いつつ、瑠理は自分の乳房にもボディソープを垂らし、泡立てると、抱きついてきた。

乳房を俊哉の胸板にこすりつけてくる。ただこすりつけるのではなく、乳房を動かし、まさに洗うようにこすってくるのだ。

乳首が瑠理の泡を立てた乳房になぎ倒される。

「あ、ああ……瑠理さん」

俊哉が喘ぐ。

瑠理は反り返ったままのペニスにもボディソープを垂らして、泡立てていく。

「あ、ああ……」

泡立てる手つきが、鎌首を愛撫されているようで、俊哉は腰をくねらせる。

ペニスが泡まみれとなると、あらためて瑠理が裸体を押し付けてくる。乳房で胸板を洗い、ペニスを割れ目でこすられた。

「ああ、瑠理さん」

人妻の女体洗いに、あらたな我慢汁を出している。ペニスを洗っているはずだったが、その行為のせいで、鎌首が汚れていく。

「美菜さん、後ろをおねがい」

瑠理に言われて、美菜も巨乳にボディソープを垂らす。巨乳ゆえに、液体が深い谷間に垂れ落ちていく。

　十分に泡立てると、背後にまわって巨乳を背中に押し付けた。はあ、と俊哉のうなじに熱い吐息を吹きかけながら、巨乳を動かしていく。

「あら、美菜さんが大きなおっぱい押し付けたら、おち×ぽ、倍になったわ」

　倍とは大げさだったが、さらにたくましくなったのは事実だった。

　美菜は背中に乳房を押し付けつつ、乳房から泡を掬《すく》い、俊哉の尻に垂らしていく。

　そして全身を使って、背後から刺激を与えてくる。

　前は三十八才の熟れ妻、後ろは二十六才の若妻。どちらもおっぱいはでかく、全身からいい匂いをさせている。

　瑠理が口を寄せてきた。唇を奪われ、ぬらりと舌が入ってくる。

「うんっ、うんっ」

　瑠理は全身を俊哉に押し付けつつ、俊哉の舌を貪り食ってくる。

　瑠理の唾液はさらに濃厚さを増し、興奮を煽《あお》りたてられる。いつ射精させられてもおかしくない状態だ。

「ああ、美菜も欲しいです。俊哉さんの舌、欲しいです」

　巨乳をぐりぐり押し付けつつ、美菜がそう言う。美菜が俺とキスしたがっているっ。

が、すぐに俊哉の舌を譲ると思っていたが、瑠理は俊哉の舌を吸いまくって、いっこうに離さない。

「あんっ、美菜もキスしたいですっ」

美菜が泣きそうな声をあげる。泣きたいくらい、俺とキスしたいのかっ。

「もう、しょうがないわね。ちょっとだけよ」

唾液の糸を引くように唇を離すと、瑠理がそう言い、俊哉のあごを摘まむと、後ろを向かせるようにねじった。

美菜が背後から顔を近づけてきて、目を合わせる。美菜の瞳は潤んでいた。涙なのか、発情の潤みなのか。どちらとも言えた。

「ああ、キスして、俊哉さん」

潤んだ瞳で見つめられ、美菜にそう言われただけで、暴発しそうになる。

それを股間で敏感に察知したのか、

「出したら、即、東京よっ」

と瑠理が言う。

「出しませんっ。絶対、出しませんっ」

と答えつつ、俊哉は思わず、口を引く。

美菜が悲しげな表情になり、また泣きそうになる。

「美菜とチューしたくないの？」

「違いますっ。キスすると出そうだから」

「あら、私とキスしても出さないけど、美菜さんとキスすると出そうなわけね」

と瑠理が言い、自分の方に向かせると、すかさず唇を奪ってくる。

「うんっ、うんっ」

舌をからめ、乳首をなぎ倒しつつ、ペニスの先端を割れ目の中に入れた。

そのまま、一気に根元まで咥えこんできた。

「ううっ……ううっ」

ただでさえベロチューだけで、出しそうなのに、ペニスをおま×こで包まれ、俊哉は限界に達した。

「ううっ」

出ますっ、と必死に訴えるが、瑠理は口とペニスを貪ったままだ。

「ううっ」

出るっと叫び、俊哉は瑠理の中に発射した。

「う、うう……」

瑠理が舌を吸いつつ、うめいた。

唇を引くと、

「いくいくっ」

と喘ぐ。

「えっ、瑠理さんっ、いったんですかっ」

美菜がずるいと言いたそうな声をあげる。

「おう、おうっ」

俊哉は雄叫びを上げて、二発目を瑠理の中に放ちまくる。寸止めが長かったぶん、さらに勢いが増していた。

「いく、いく」

俊哉が出し続け、それを子宮に受けて、瑠理もいきまくる。

「あんっ……美菜だけ……」

ひとり蚊帳《かや》の外状態の美菜が、さらに泣きそうな声をあげる。

そんな中、俊哉は出し続け、瑠理はいき続ける。

ようやく、脈動が収まった。その途端に硬さを失い、瑠理のおま×こに押しやられるように、ペニスが大量のザーメンと共に穴から出た。

「ああ、すごかったわ」

ペニスの支えがなくなったせいなのか、瑠理がその場にしゃがみこんだ。

「今度は、私がいきたいっ」

と言うと、美菜が俊哉を自分の方に向かせて、ザーメンまみれのペニスにしゃぶりついてきた。

「ああっ」

萎えたペニスが、すぐさま美菜の口に根元まで包まれ、強く吸われる。

くすぐった気持ちいい感覚に、俊哉は下半身をくねらせる。

「あんっ、大きくさせて。すぐにおち×ぽ欲しいの。すぐに、美菜もいきたいの」

なかなか大きくならないペニスにじれて、美菜は唇を引くと、なじるような目を向けてくる。

「ほら、大きくさせなさい。なに、縮んだままでいるのかしら。そんなことが、あなたにゆるされると思っているのかしら」

と言って、立ちあがった瑠理が乳首を摘まんできた。ふたつ同時に、ぎゅっとひねってくる。

「あぁっ……うぅっ」

乳首をひきちぎらんばかりにひねられ、俊哉は痛みにうめく。が、ずっとひねられていると、痛みが快感に変わっていく。

こういうところが、真・福利厚生課員としての資質だ。

「う、うう……」

根元まで咥えたままの美菜が、うめきはじめる。

「大きくなってきたわね。そんなに乳首、好きなのかしら。噛んで欲しい？　噛まれたらもっと大きくするかしら」

と瑠理が妖しく光らせた瞳で聞いてくる。

「噛んで欲しいですっ。噛んでくださいっ」

と俊哉が頷くと、いいわ、と瑠理はアクメの余韻に浸る美貌を寄せてきた。乳首をちゅっと吸うと、歯を当てられる。

加減なく、がりっと噛んでくる。

「あうっ、うう……」

俊哉は激痛にうめく。が、これもはじめだけだ。すぐに痛みが快感に変わっていく。

「ううっ……」

股間でうめいた美菜が唇を引いた。美菜の前で、勃起を取り戻したペニスが跳ねる。

「すごい」

感嘆の声をあげて、美菜がタイルの上で四つん這いになった。ぷりっと張ったヒップを、俊哉に向けて差し上げてくる。

「入れて、俊哉さん。美菜もたくさんいきたいの」

と言って、ヒップを振ってくる。

俊哉は、いいですか、と瑠理に許可を求める。瑠理は胸板から顔を引いていたが、今は乳首を摘まみ、楽しげにひねっていた。乳首への刺激をやめたら、萎えると思っているようだ。

「いいわ、いかせてあげて。明日からまた仕事を頑張れるように、狂うくらいいかせてあげて」

狂うほどいかせられるかわからなかったが、全力は尽くしたい。この時間が、俊哉にとっては就業時間なのだ。

はい、とうなずき、俊哉は突き出されている美菜の尻たぼを摑む、ぐっと開くと、入り口が見える。

瑠理は乳首をたんねんにひねり続けている。もう、この刺激がないと困る。

「ああ、いかせて……美菜、狂いたい。俊哉さんのおち×ぽで狂いたいっ」

俊哉はずぶりとバックから突き刺していく。

「あうっ、ううっ」

一気に貫《つらぬ》くと、美菜ががくがくと四つん這いの裸体を震わせる。

俊哉は尻たぼに五本の指を食い込ませ、激しく抜き差しをはじめた。

「ああ、ああっ、いい、いいっ、もっとっ、もっと突いてっ」

突くたびに、美菜が叫ぶ。

「ああ、キスして」

と乳首をひねりつつ、瑠理が唇を寄せてくる。俊哉の口が、瑠理の唇でふさがれる。

美菜をバックで突きつつ、瑠理とベロチューしている。なんという贅沢だ。しかも、これが仕事なのだ。

二発出したことで、さすがの俊哉も余裕があった。瑠理と唾液をからませながら、美菜をずぶずぶと突いていく。

「もっとっ、もっとっ」

俊哉としては、力強く突きまくっているつもりだったが、若妻はまだ物足りないようだ。

さらに激しく突いていると、

「ああ、いきそう……ああ、いきそう」

と舌足らずな声をあげ、そして、

「いくっ」

と叫んだ。ただでさえ締まりのいいおま×こが、強烈に締まった。

「ううっ」

思わず、三発目を出しそうになり、俊哉はうめく。

美菜が四つん這いの形を解《ほど》いた。そして、瑠理と舌をからめている俊哉のペニスを摑むと、引っ張る。

俊哉は引かれるまま、浴室を出て、脱衣場を出て、廊下に出る。すると、美菜が廊下で仰向《あおむ》けになった。

「来て」

と言う。正常位だ。初めての正常位だ。

綾乃で男になり、瑠理、美菜と続けて女を知ったが、考えてみれば、正常位ではまだ経験がなかった。

俊哉のペニスがひくついた。

「あら、普通の形がうれしそうね」

「初めてです」

と正直に言う。

「あら、そうなのね。ヘンタイくんだから、普通が珍しいのね」

「はい。珍しいです」

俊哉は廊下に膝をつくと、美菜の両膝を掴み、立てさせる。そして、ぐっと広げた。

さっき突きまくっていたが、すでに割れ目は閉じている。

ああ、正常位でエッチ出来る。とは言っても、ここは廊下で、瑠理に見られている。

あまり普通ではない。

「来て、俊哉さん」

じれた美菜がしなやかな両腕を差し上げてくる。

ああ、このポーズ。たまらない。ペニスがひくひく動く。

俊哉は鎌首を美菜の割れ目に向ける。そして当てると、ぐっと突き出した。

一発で鎌首がめりこんだ。そのままぐぐっとえぐっていく。

「ああっ、おち×ぽっ」

美菜の愛らしい顔が歪《ゆが》む。ち×ぽでえぐった結果だ。やはり、顔を見ながら入れる
のはいい。

そのまま奥まで貫いていき、上半身を倒していくと、美菜がしがみついてきた。両腕を背中にまわすだけではなく、両足も腰にまわしてくる。完全密着だ。

巨乳を胸板で押し潰し、股間がぴたっとくっついている感覚がたまらない。

「ああ、しばらくこのままでいて」

と美菜が言う。動かないで、と言われたのは、初めてだ。

美菜もこのくっつく感覚がいいのだろうか。

「キスして」

と美菜に求められ、俊哉は唇を合わせた。ぬらりと舌が入ってくる。

ああ、まるで恋人同士のエッチじゃないのか。ああ、美味しい。キスが美味しい。

「うう……」

と美菜が眉間に縦皺を刻ませる。美菜の中のペニスが、さらにひとまわり大きくなったのだ。この縦皺は俺のち×ぽが刻んだものなのだ、と俊哉は実感する。

美菜が舌をからめつつ、くいくい締めてくる。じっとしているだけでも、刺激を受ける。

ああ、幸せだ。ずっとこのままくっついていたい。

「なに、しているのっ。早く、突きなさいっ」

と瑠理が俊哉の尻を張ってきた。

ぱしっと張られ、思わずうめく。疑似恋人エッチは、もう終了のようだ。

「ほら、ほらっ、はやくっ、美菜さんを狂うまでいかせなさいっ」

さらにぱしぱしと瑠理が俊哉の尻を張ってくる。

乳首を噛まれた時と同様、なぜか、張られているうちに感じてしまう。

「ああ、すごく硬くなりました」

と美菜が言う。

「ほら、硬いおち×ぽで突きまくりなさいっ」

はいっ、と俊哉は上体を起こすと、美菜の腰を摑み、ピストン責めを開始する。

ずぶずぶと美菜のおま×こを突いていく。

「いい、いいっ」

突くたびに、巨乳が重たげに前後に揺れる。まさに、たぷんたぷんと揺れている。

ああ、このおっぱいの揺れも、俺のち×ぽがもたらしているものだっ。

揺れる巨乳に煽られ、俊哉の突きが激しくなる。激しく突けば突くほど、たぷんたぷん度も上がるのだ。

「ああ、いい、いいっ……すごいわっ、俊哉さんっ」

濡れた瞳を開き、美菜が尊敬の眼差しを向けてくる。

エッチで若妻に尊敬されているっ。

「もっと激しくっ」

と瑠理がさらにぱしぱしと尻を張ってくる。

「もっと、張ってくださいっ。もっと、僕に力をくださいっ、瑠理さんっ」

とさらなる尻打ちをねだる。

すると瑠理がぱんぱんっと尻を張ってくる。俊哉はおうおおうっ、と吠えつつ、美菜を突きまくる。

「ああ、いきそう……ああ、ああっ、い、いくっ……いくいくっ」

と美菜がいきなり気をやった。

「もっとよっ。ほらほらっ」

と瑠理が尻を張ってくる。

俊哉は強烈な締め付けに耐えつつ、美菜の媚肉をえぐっていく。

「ひいっ、いくいく……いくいくっ」

美菜のいまわの声が、廊下に響き続けた。

# 第四章　才媛専務はノーパンに

## 1

午後二時五分前に、俊哉は駅前再開発プロジェクトの現場の、プレハブの休憩室に入った。

そしてジャケットを脱ぎ、スラックスから靴下まで全部を脱いで裸になると、あらためてネクタイだけを締める。

すると萎えていたペニスが、ぐぐっと力を帯びた。

今日もペニスの調子はいい。それに、ここへ来る前にシャワーを浴びてきたので、体の隅々まで清潔だ。

休憩室の奥は小上がりになっていて、二畳分の畳が敷かれている。ここで横になったりすることもできるスペースだ。

俊哉はそこに上がると、裸のまま畳に横になる。すると、さらにペニスが勃起して、天を突いた。

勃起させたペニスを見ると、今日もうまく仕事をやれそうだ、と安心する。

俊哉が真・福利厚生課としてN市にやってきて、もうひと月が過ぎていた。

以前はぎすぎすしていたという工事現場も、このところずっと良好な状態が続いている。仕事の進み具合もスムーズで、食堂に行くと、現場で働く男たちに感謝されることもあった。

まさかこの平穏な職場が、夜毎《よごと》に俊哉が人妻現場監督と若妻監督助手の相手をして、いかせまくっているお陰で生まれているとは、誰も想像していないだろう。

ドアが開き、瑠理が入ってきた。いつも以上に厳しい顔をしている。

「お疲れ様です」

と横になったまま、声を掛ける。

「今日も疲れたわ」

瑠理はS建設のブルゾンを脱ぐと、小上がりに上がり、いきなりペニスを摑む。

たまに勃起が中途半端なことがある。その時は、瑠理は怒りまくり、ビンタを張られることもある。立派なパワハラだし、そもそも今の俊哉の業務内容は間違いなくセクハラだが、そんなことを考えたら真・福利厚生課の仕事は成り立たない。

ある意味、性器になりきるのだ。性器に感情はない。あるのは、勃起だけだ。射精だけだ。

俊哉はそれを特に嫌だとも思っていないため、問題なくこの仕事は続いているのだった。

「色んな折衝《せっしょう》とか、なかなかうまくいかなくてね」

と言いつつ、瑠理はぐいぐいしごいてくる。

「そうですか」

俊哉は聞き役に徹する。

瑠理の意見には、まったく異議を唱えない。忠実なイエスマンとなるように気をつけている。

瑠理が立ち上がり、綿パンを下げていく。すると、恥部を彩る真っ赤なパンティが姿を見せた。瑠理は現場に出る仕事中でも、ランジェリーはいつもセクシーなものを身につけている。しかも、アフターファイブではさらにエッチなものに着替えるのだ。

瑠理がパンティも下げ、俊哉の顔面をすらりと伸びた生足で跨いできた。

真上に、瑠理の割れ目がある。ぴっちりと閉じている。

瑠理が膝を曲げ、俊哉の顔に割れ目が迫る。それと共に、閉じていた媚肉がややほころびはじめた。そして赤い粘膜がちらりとのぞくと同時に、牝の匂いがむんと薫ってきた。

瑠理が自らの指で割れ目を開き、花びらを露わにさせると、俊哉の顔面に押し付けてきた。

顔面騎乗だ。

「うう……」

発情した牝の匂いに顔面を包まれ、さっそく、俊哉は咽《むせ》ぶ。

いきなりの牝の匂いには慣れることはない。いつも一回は喘いでいた。

ぐりぐりと恥部を押し付けてくる。

俊哉は舌を出すと、おんなの穴に入れていく。そして、肉襞をぞろりと舐めていく。

「あ、ああっ……いいわ……そうよ……」

瑠理が甘い喘ぎを洩らす。すんなり感じてくれると、安心する。日によっては、まったく感じないことがあるのだ。女の身体のデリケートさゆえだった。

今日は調子がいいようだ。舐めるそばから、どろりどろりと愛液が滴《したた》ってくる。

ぴちゃぴちゃ、ぴちゃぴちゃ、と蜜を弾く音がする。

俊哉が大好きな音だ。瑠理が感じてくれることが、一番の幸せとなっている。

「ああ、クリもおねがい」

と瑠理が言う。瑠理がおねがいするまでは、絶対、クリには舌を届かせない。

舌を穴から出すなり、ぺろりとクリトリスを舐め上げる。

「ひいっ」

瑠理が甲高い声をあげる。ぐりぐりと恥部を押し付けてくる。俊哉は咽《む》せつつも、懸命にクリトリスを舐め上げ続ける。

ここで舌が遊んではいけない。責めどころだ。

「ああ、ああっ、いいわっ、ああ、いいわよっ」

瑠理が甲高い声をあげ続ける。いくか、と思った時、ドアが開いた。

その瞬間、瑠理が、

「いくっ、いくいくっ」

といまわの声をあげて、俊哉の顔の上でからだをがくがくと震わせた。

「あら、いい感じでいっているじゃないの」

と若い女性の声がした。俊哉の顔面は瑠理の恥部で塞がれていて、声の主が誰なのか、わからない。

「あっ、専務っ」

と瑠理が驚きの声をあげた。

若い女性の専務って……。

向井姫奈《むかいひな》お嬢様のことかっ。

S建設社長の娘。五年前に、アメリカの大学を卒業し、四年ほどアメリカの会社で勉強したあと、去年、いきなり専務としてS建設本社に就任してきた、才媛と噂される若手役員だ。

二年前に結婚して人妻になっているが、優秀な仕事ぶりは変わらず続いているという。

下っ端の俊哉は当然、ほとんど顔も見たことはない。確か二回ほどか。入社式の挨拶の時と、本社ビルの前で車から出てきたのを、偶然見かけた時くらいだ。

あの時はスカートが大きくたくしあがり、瑞々《みずみず》しい白い太腿が拝めて、ラッキーだと思ったことがある。

なにより姫奈は美形だった。美形でしかもスタイルは抜群。隠れ巨乳だと言われていた。

そんな姫奈専務が今、この場にいるのだ。

「こんな格好で……失礼しました」

瑠理が俊哉の顔から腰を浮かそうとした拍子に、一瞬、姫奈の下半身が見えた。パンツスタイルだ。

「いいわよ。そのままで」

と姫奈が制する。瑠理がまた媚肉をぐちゃりと顔面に押しつけてくる。

「これで、仕事の効率をあげているのね。素晴らしいわ、立見課長」

「ありがとうございます、専務」

と綾乃の声がする。

綾乃課長も来ているのか。綾乃が案内役なのだろう。姫奈専務自ら現場視察ということか。

「武田くんと言ったかしら」

「はい、そうです。武田です」

と綾乃が答える。

俊哉は、こんな姿で失礼します、と言ったが、ううっ、といううめき声にしかならない。

「すごいわ。私があらわれても、ずっと大きいままね」

姫奈の声がしたと思った次の瞬間、鎌首をなぞられていた。

「うう……」

ストッキングだ。姫奈は足の先で、俊哉の鎌首を撫でているのだ。

「久しぶりに、たくましいおち×ぽ見たわ」

旦那さんは元気がないのだろうか。姫奈のような美形ナイスボディの奥さんをもらっても、二年で飽きるのだろうか。いや、そんなことはないだろう。

「このおち×ぽ、いいわ」

姫奈が足で裏筋をなぞってくる。ストッキングでち×ぽを撫でられるのは初めてだ。

姫奈は、撫で方が上手かった。こうやって、足で男のち×ぽを弄ることに、慣れている感じだった。

恐らく旦那のち×ぽも、こうやって撫でているのではないか。

「武田くん、あなたの仕事ぶり、大変評価しているのよ。あなたのお陰で、プロジェクトも上手く行きそうなの。やはり、福利厚生って大事なのね」

「そうですね」

と綾乃が相づちを打っている。

「仕事、続けて」

と姫奈が言う。

続けるって……ああ、そうか、瑠理をもっと感じさせるのか。

でも実は、さっき瑠理をいかせてしまったのは、俊哉のミスだった。まだ就業時間中なのだから、寸止めで終わらせて、瑠理を送り出すのがベストなのだ。けれど、時々、いってしまうことがある。

それでも、一度だけであれば、以後の瑠理の仕事に支障はないだろう。

俊哉は気を取り直し、花びらに舌を入れて、舐めはじめる。

「あっ、ああ……」

瑠理が火の息を吐き、強くおま×こを押し付けてくる。

俊哉はぺろぺろ、ぺろぺろと肉襞を舐める。

その間も、姫奈はストッキングの足で、俊哉の鎌首を撫で続けている。

気持ちいい。おま×こを舐めつつ、ペニスに刺激を受けて、俊哉の方がいきそうになる。

だが出すのはまずい。まずいどころか、姫奈専務のお御足《みあし》をザーメンで汚すなんて、ありえない。仕事ぶりを評価していると言ってくれたが、暴発させようものなら、即刻クビだろう。

クビにはなりたくない。俊哉は女体まみれの贅沢な日々を手放したくなかった。

「ああ、クリを吸って」

と瑠理が言う。もう一度いきたがっているのだろう。姫奈専務に見られて、かなり昂《たか》ぶっているようだ。

今日は特別に、二度いかせてもいいのかもしれない。姫奈専務の視察なのだから、むしろいかせた方がいいのか。いや、今度は寸止めにして、午後からの仕事に支障が出ないようにした、というところをアピールした方がいいのか。

わからない中、俊哉はクリトリスを吸う。

「あああっ」

瑠理が甲高い声をあげる。はやくも、続けていきそうになる。

瑠理だけじゃなく、俊哉もいきそうになる。駄目だ。いっては駄目だ。お御足を汚しては駄目だ。

「あ、ああ、あああっ……いきそう……また、いきそうっ」

俊哉はぎりぎりでクリトリスから口を引いた。

「えっ……どうしてやめるのっ」

と不満そうな声をあげた瑠理だったが、次の瞬間に我に返ったようだ。

恥部を俊哉の顔面から引き上げる。

「どうしたのかしら?」

と姫奈が聞く。

「二度もいったら、これからの仕事に支障が出るので、武田さんがぎりぎりで止めたんです」

はあはあ、と荒い息を吐きつつ、瑠理が甘くかすれた声でそう言った。

「なるほど。わざと寸止めにしたのね。素晴らしいわ」

と姫奈が俊哉を見下ろす。

「真・福利厚生課の武田俊哉といいます」

顔面を瑠理の愛液まみれにさせた顔で、見あげながら、姫奈専務に挨拶していた。

姫奈はやはり、震えがくるような美形だった。

## 2

その日の午後十時、俊哉はN市一番の高級ホテルのロビーにいた。スーツ姿だ。

会いたいからロビーで待っているように、と姫奈じきじきに俊哉に電話があったのだ。

姫奈はN県の県知事とN市の市長、そして、地元の土木関係者のトップと夕食をとっていた。それが終わり次第、ホテルに戻ってくると聞いている。

少し待つと、姫奈がロビーに姿を見せた。明るいベージュのコート姿が、理知的な美女という雰囲気を醸《かも》し出している。

姫奈が姿を見せただけで、ロビーの空気が変わった。皆の視線が、姫奈に集まる。

姫奈はひとりだけらしく、秘書も綾乃もいない。

俊哉は立ち上がって歩み寄っていったが、姫奈は俊哉を無視する形で、エレベーターホールに向かってしまった。

俊哉は少し離れたところで立ち止まった。エレベーターが開き、姫奈が乗り込む。どうしようか迷っていると、

「はやく乗りなさいっ」

と姫奈の声がした。はいっ、と中に入ると同時に扉が閉まる。

いきなり、密室で姫奈専務とふたりきりだ。

「今日は暑いわね」

と言って、姫奈はエレベーターの中でコートを脱いだ。

ニットのワンピース姿があらわれ、俊哉は、おうっと目を丸くする。しかもノースリーブだ。

ニットのワンピースはからだのラインを綺麗に出す服で、バストの隆起はもちろん、ウエストのくびれ、ヒップラインも露骨に浮き上がらせている。

エレベーターが最上階に着いた。コートを俊哉に渡し、姫奈が出る。

当然のこと、吸い寄せられるように、俊哉の視線はニットが貼り付くヒップラインに向かう。

すらりと長い足を運ぶたびに、ニットに包まれたヒップがぷりぷりとうねる様《さま》が手に取るようにわかる。間違いなくTバックだろう。

姫奈がカードキーでドアを開いた。中に入って行く。失礼します、と俊哉も中に入る。スイートルームだった。リビングは広く、窓の向こうにN市の夜景が見渡せる。

「ああ、疲れたわ。お偉いさんとの食事って、嫌になってしまう」

と言って姫奈はソファーに腰掛け、背中を預ける。ニットワンピースの裾がたくしあがり、白い生足が太腿の半分近くまであらわになった。

剝き出しの二の腕といい、生足といい、どちらも眺白く光っている。

姫奈がしなやかな両手を万歳するように上げた。

今度は腋の下が露わとなり、俊哉は思わず、ガン見してしまう。なにせ、社長のお嬢様の腋の下なのだ。

その目を知ってか知らずか、姫奈は両腕をあげて、アップにしていた髪を解《ほど》く。ふわりと、漆黒の髪が宙を舞う。

離れていたが、俊哉のところまで髪の香りが薫ってきそうだ。

「残業をおねがいしたいの」

「はい、専務」

「揉んでくれないかしら」

と姫奈が言う。

はい、と俊哉は返事をすると、ソファーの背後にまわって、肩揉みをはじめた。

「なにしているの」

「いや、揉むように言われましたので……」

「あなた、真・福利厚生課でしょう。揉んでと言われたら、おっぱいを揉むんでしょう」

と姫奈が言う。

「えっ、いやしかし、専務はご結婚されていて……」

「綾乃も瑠理も美菜も人妻よね。どうして私だけ、だめなの」

「いいえ、そういうわけではありませんっ。すぐに揉ませて頂きますっ」

そう叫ぶと、俊哉はあわてて正面にまわった。

ソファーに腰掛けている姫奈の胸元に手を伸ばす。

「あなた、スーツを着たまま、私のおっぱいを揉むつもりなのかしら」

「い、いや……」

「真・福利厚生課はいつも裸で、おち×ぽを勃たせていると聞いているわ」

「そうですっ。裸で、いつもち×ぽを勃たせていますっ」

俊哉はあわててジャケットを脱ぎ、ネクタイを取り、ワイシャツを脱ぎ、Tシャツを脱ぐ。そして、スラックスのベルトを緩めると、ブリーフと共に脱ぎ落とした。

すると、弾けるようにびんびんのペニスがあらわれる。姫奈専務を前にして、緊張しきっていたが、幸いにもペニスは緊張していない。

「あら、いつもすごいのね」

反り返っているペニスを見る姫奈の目が光る。

「ありがとうございます、専務」

俊哉は靴下も脱いで全裸になると、姫奈の胸に手を伸ばそうとする。

「ネクタイは締めなさい。その方がいいわ」

と姫奈が言う。美菜も裸にネクタイを締めさせ、そんな姿を瑠理も喜んでいた。

女は男の裸にネクタイが好きなのか。男が女の裸にエプロンが好きなように。

いや、きっとネクタイを締めていることが、忠僕の証となっているのだ。

俊哉は姫奈に言われるまま、裸でネクタイを締めた。すると姫奈が手を伸ばし、ネクタイを摑むと、ぐっと引き寄せてきた。

あっ、とよろめき、姫奈の美貌に接近する。今にもキスできそうな距離だ。

「なにしているの。このまま、揉みなさい」

「は、はい……失礼します」

俊哉は高く張っているニットの胸元に手を置く。そして両手の指全部を、優しくバストの隆起に食い込ませていく。

ブラ越しだったが、ぷりっとした感触を覚えた。

「遠慮いらないわ」

と姫奈が言い、はい、と強めに食い込ませ、揉みはじめる。

「はあっ……ああ……」

姫奈はネクタイをぐいぐい引きつつ、火の息を洩らす。

「ああ、乳首がブラに……ああ、当たるわ……すごく勃って……ああ、きているの」

と言いつつ、姫奈が両手を俊哉の胸板に伸ばすと、乳首を摘まんできた。いきなりぎゅっとひねってくる。

「あうっ……」

「痛いのかしら」

「い、いいえ……気持ち、いいです」

「そうよね。気持ちいいわよね」

と言いながら、爪で乳首を挟み、食い込ませてくる。

「うう……」

最初は激痛が走ったが、姫奈の顔を見ていると、すぐに和《やわ》らぎ、そして気持ち良くなってくる。

「ああ、いいわね。ずっと勃っているわ。うちの旦那、爪で挟むと、小さくなるのよ。どうしてかしら」

と姫奈が聞いてくる。

「い、いや、それは……」

夫婦生活のことを質問されても、答えようがない。むしろ、乳首に爪を食い込まされても勃たせている俊哉の方が、我ながら変だと思う。

「ああ、乳首が疼くわ。じかに揉んで欲しいわ」

そう言うと、姫奈が立ち上がった。

「脱がせて」

と言って両腕を上げる。再び腋の下があらわれ、ニットワンピースに包まれた抜群のスタイルが、より鮮明に浮き上がった。

「腋が好きなんですってね」

「は、はい……専務」

「いいわよ」

「えっ」

「顔、埋めたいんでしょう」

「い、いいんですかっ」

「今日は県知事も市長も、ご機嫌だったわ。工事の進捗《しんちょく》状況がいいおかげね」

ご機嫌だったのは、美しい姫奈といっしょに食事ができたからではないか、と思った。

「武田くんが着任してくる前は、現場の作業進行が悪くなっていたのよ。武田くんが来てから、ずっといい感じだから、そのお礼よ」

姫奈はずっと両腕を上げたままでいる。

腋の下はちょっとだけ汗ばんでいた。それがまた、そそる。

「遠慮しなくていいのよ」

こんなチャンス、二度とないだろう。俊哉は腹を決めた。

失礼します、と言うと、姫奈の腋の下に顔を寄せていく。

すると、甘い薫りがした。ずっと姫奈から薫っていた匂いだ。ここから出ていたのか。

俊哉は姫奈専務の腋の下に顔を押し付けた。顔面が姫奈の腋の匂いに包まれる。

あまりに芳《かぐわ》しく、あまりに刺激的で、思わず射精しそうになる。

姫奈のニットワンピースをザーメンで汚してはいけない、と耐える。

「うう、うんっ」

俊哉は匂いを嗅ぎ続ける。頭の中がピンク色に染まって、くらくらしてくる。

「あっ……」

ふっ、と気が遠くなり、俊哉は後ろへ倒れていった。仰向けにひっくり返り、後頭部をカーペットが敷かれた床にゴツンと打つ。

目を開くと、姫奈が俊哉の胸のあたりを跨ぐように仁王立になっていた。俊哉を見下ろしつつ、自らの手でニットワンピースの裾を上げていく。

白い太腿があらわれ、付け根があらわれる。

そしていきなり割れ目があらわれ、俊哉は目を見張った。

「えっ、ノーパンっ」

と思わず叫ぶ。

「大丈夫そうね」

まったく心配していなさそうな口調で、姫奈が言う。

「パ、パンティ、穿いていらっしゃらないのですかっ」

「そう。ノーパンで、県知事と市長と会ってきたのよ。このほうが、興奮するでしょう」

「そ、そうですか」

「今、ぐしょぐしょよ」

姫奈が顔の上へと膝を曲げてくる。と同時に、割れ目が迫ってくる。姫奈の恥毛はかなり薄く、恥丘にひと握りの陰りがあるだけだった。

人妻の剝き出しの割れ目が、近づくにつれてじょじょに開きはじめる。

ピンクの粘膜を目にした瞬間、出した、と思った。が、ドロドロの我慢汁が出ただけで、射精は免れた。

が、姫奈が割れ目に指を添え、ぐっと開いた瞬間、

「おうっ」

と叫んでいた。

今度こそ射精してしまった、と思ったが、サラリーマンとしての性《さが》か、会社の重役の前で、許可なく勝手に出すことはなかった。からだがぎりぎり耐えていた。

「ぐしょぐしょでしょう」

「そ、そうですね……専務」

姫奈の花びらは可憐なピンク色だった。色は可憐だが、そこは人妻だ。肉襞の蠢《うごめ》きがいやらしい。それに、大量の愛液があふれていた。

愛液が滴り、俊哉の顔面に向かって垂れてくる。

もちろん避《よ》けたりしない。むしろ、喜々として滴りを受ける。

「よく、ノーパンであういった場所に出席するのよ」

「そうですか……」

「よくないとは思うけど、すごく興奮するの。中座して、トイレでいじったりもするわ……」

「そ、そんなに興奮するんですか……」

ペニスがひくつく。今度こそ、暴発するかもしれない。

「いきそうになるんだけど、我慢するの。いったら、仕事にならないでしょう」

「そうですね」

「寸止めして、会食に戻るのよ。今夜も寸止めしてきたのよ、武田くん」

と言って、さらに膝を曲げてくる。露わな花びらを寄せてくる。

姫奈がしゃべっている間も、さらに愛液があふれ出ていた。割れ目に添えている指先が、愛液で濡れている。

「いかせて、武田くん」

と言うと、姫奈が花びらを俊哉の顔面に押し付けてきた。

「ううっ」

顔面が姫奈の匂いに包まれる。発情した牝の匂いだ。腋の下の匂いの比ではない。

さっきは腋の匂いで、頭がピンクの霧で満ちたが、今度はおま×この匂いで全身が一気にピンク色に染まった。

暴発させていないのが、もう奇跡だ。たった三年で、サラリーマン根性がついていることに感嘆する。相手は専務なのだ。綾乃課長の比ではない。ここは耐えきるのがサラリーマンの勤めだ。

「いかせて。こうやって武田くんでいくのを楽しみにして、県知事や市長と会食していたの。結果、会食は上手くいったわ……私にもご褒美をちょうだい」

一介の平社員が専務にご褒美などおこがましいが、くらくらしつつも舌を出すと、どろどろの媚肉を舐めはじめる。

「ああっ、いいわ……上手よ……ああ、さすが、真・福利厚生課ね」

姫奈が愉悦《ゆえつ》の声をあげて、さらにぐりぐりと恥部を押し付けてくる。

濃厚すぎる牝の匂いを顔面に浴びて、俊哉は失神しそうになる。それでいて、舌は懸命に動かしている。我ながら下僕ぶりに感心する。

「ああ、ああ……クリ、吸って、クリよ、クリ」

と姫奈が言う。そして、ちょっとだけ腰を浮かせる。

空間が出来るとすぐに、俊哉は姫奈専務のクリトリスを口にする。そして、いきなり強めに吸った。

「はあっんっ、あんっ」

予想通り、姫奈は敏感な反応を見せた。

このひと月、毎日のように瑠理と美菜のおま×ことクリトリスを、舐め吸いしてきた成果が出ている。

強く吸い、弱めに吸い、また強く吸う。

「あ、ああっ、いい、いいわっ。クリ吸い、上手よっ」

姫奈が感じてくれている。喜んでくれている。

俊哉は専務のクリトリスを吸いつつ、真・福利厚生に引き抜いてくれた綾乃課長に感謝した。

ありがとうございます、綾乃課長。お陰で、天上人のクリを吸って、喜ばせています。俺にとっての天職ですっ。

「あ、ああ、ああっ……いきそう……ああっ、い、いく、いくいくっ」

姫奈は絶叫すると、ぐりぐりと俊哉の顔面を媚肉でこすりながら、大量の愛液をプシッと小さな音がする勢いで噴いた。

俊哉はさらにクリトリスを吸っていく。ちょっと歯を立ててみる。

「あっ、いく、いくっ」

今度はいきなり、おんなの穴からシオが噴き出す。

俊哉はクリに歯を当てつつ、もろにシオを浴び続けた。顔面がもうびしょびしょだが、これ以上ない幸せだと感じる。

「はあ、はあっ」

大量のシオを噴くと、姫奈がそのまま倒れてきた。ぐっと顔面に恥部を押しつけたまま、ニットワンピースに包まれたからだをカーペットに倒した。

「ああ、久しぶりよ……シオを噴いたの」

そう言って、姫奈がようやくからだを起こす。

そして、シオまみれの俊哉の顔を見る。

「いい顔よ」

と言って立ち上がると、自らニットワンピースを脱いでいく。平らなお腹があらわれ、ブラに包まれたバストの隆起があらわれる。

それを俊哉は仰向けに寝たまま、見あげている。顔面はシオまみれだったが、姫奈がなにも言わないから、そのままでいる。

姫奈専務が噴き出されたシオを、勝手に拭《ぬぐ》い取るなんて出来るわけがない。むしろ、こうして有難《ありがた》く浴びたままでいるのが大事だ。

姫奈がニットワンピースを腕から抜き、そして頭から抜いた。ブラを取ると、お椀《わん》型《がた》の見事な乳房があらわれる。

とがった乳首はピンク色だ。やはりお嬢様は違うのか。おま×こも乳首も、人妻とは思えないピンク色を保っている。それでいて、かなりからだは開発されている。

「すごい我慢汁ね」

と言って、全裸になった姫奈がしゃがむ。お椀型の乳房が迫ってくる。

「出しちゃだめよ」

と言って、先端を手のひらで包んできた。

「うう……」

「出してはだめ。この部屋を汚してはだめ。出すなら、私の口か、おま×こね」

そんなことを言いつつ、手首のスナップを利《き》かせて、先端を撫で責めてくる。

「う、ううっ」

出すなら口かおま×こと言われ、その言葉で出してしまいそうになる。

が、ぎりぎり耐えた。これも瑠理と美菜相手に寸止め地獄に耐えてきた成果だ。人生の経験に無駄なことはひとつもないと言うが、その通りだと、先端撫で責めに耐えつつ、実感する。

「いい子ね。お礼をしたいわ。四つん這いになって」

と姫奈が言う。

四つん這い……尻を張られるのか……それとも、もしかして……。

俊夫は起き上がるとすぐに、四つん這いの形を取っていく。屈辱《くつじょく》だったが、その屈辱ももう快感になってしまっている。

姫奈が背後にまわった。やはり尻を張りとばされるのか、と思ったが、尻たぼを摑まれ、広げられた。

もしかして、アナル舐め……!? 背筋がゾワゾワを蠢めく。一応シャワーを浴びてきてはいるが、大丈夫なのか。

ふうっと肛門に息を掛けられた。

「ああっ、専務っ」

それだけで、俊哉は四つん這いの裸体を震わせた。

「あら、すごくひくひくしているわ。瑠理や美菜に開発されているのかしら」

「されていません……瑠理さんも美菜さんも、お尻にはなにもしません」

「あら、そうなの。もったいないわね」

さらにふうっと息を吹きかけ、垂れ袋をさわさわと撫でてくる。

「ああ、専務っ」

垂れ袋が気持ちいい。さわさわがたまらない。

「お尻、ひくひくしているわ。感度よさそうね」

と言うなり、ちゅっと姫奈が俊哉の肛門にくちづけてきた。

「あっ、そんなとこ……ああ、汚いですっ、専務、お尻、汚いですっ」

俊哉が叫ぶ中、姫奈がぺろりと肛門を舐めてきた。

ぞくぞくっ、とした刺激を感じ、ひいっと声をあげる。

姫奈は肛門を広げ、さらにぺろぺろと舐めてくる。

「あ、ああ……ああ……」

俊哉は甲高い声をあげて、尻を震わせる。

姫奈は肛門から舌を引くと、そのまま、蟻《あり》の門渡《とわた》りをぞろりと舐め上げてきた。

「あんっ」

思わず、俊哉は女の子のような声をあげてしまう。

姫奈はすぐさま、肛門舐めへと戻る。

「ああっ……」

肛門に舌を見舞うと、また蟻の門渡りを舐め、舌を上下させる。

姫奈が舐めつつ、ペニスを摑んできた。もちろん、ぎんぎんだった。

「すごいわね。ずっと勃っているわね。我慢汁もすごい量になってきたわ」

姫奈の息が尻の穴にかかる。

ペニスの胴体も我慢汁まみれとなっている。

「かなりお尻の穴、ほぐれてきたわね。顔を見たいから、仰向けになって」

と姫奈が言い、俊哉は四つん這いの形を解くと、カーペットの上で仰向けになった。

アナル舐めを受けて、ペニスはさらにたくましくなっている。

「お尻、好きなのね」

そうなのか。俺は尻が好きだったのか。

姫奈が俊哉の太腿に手を入れてきた。ぐっと持ち上げてくる。

「ああ、専務っ」

下半身だけを持ち上げられ、いわゆるまんぐり返しの形を取らされる。ち×ぽが上だから、ちんぐり返しか。

いずれにしても、恥ずかしい。四つん這いより顔が見えるぶん、もっと恥ずかしいかもしれない。

「お尻と顔が同時に見られるから、いいわよね」

姫奈はいいかもしれないが、俊哉は恥ずかしい。屈辱だ。屈辱なのに、ペニスはびんびんなままだ。あらたな我慢汁を出している。

しかし姫奈は美形だ。こんな美形に、尻の穴を舐められて出さなかったことが、信じられない。よく出さなかったものだ。

姫奈が俊哉の顔を潤んだ瞳で見つめつつ、自分の小指をちゅっと吸って見せた。

セクシーな表情にドキドキしつつも、俊哉は嫌な予感を覚える。

「入れてみるね」

嫌な予感が、いきなり的中した。

唾液まみれになった小指が、俊哉の肛門へとにじり寄っていく。

「ああ、専務……それは……」

「あら、嫌なのかしら」

姫奈がにらんでくる。美しい瞳だけに、迫力がある。

「いいえっ、嫌じゃありませんっ、好きですっ。入れてもらいたいですっ」

「そうよね」

姫奈が小指を尻の穴に忍ばせてくる。

「う、うう……」

痛みが走り、俊哉はうめく。

「痛いかしら」

「は、はい……」

とうなずくも、関係なかった。痛いからやめるという思考は姫奈にはないようだ。むしろ、さらに奥まで小指を入れてくる。

「うう……うう……」

第二関節まで入れると、ほぐすように動かしはじめる。

「うう、うう……」

痛みにうめいていたが、ペニスは勃起させたまま、ひくひくしている。

姫奈は右手の小指で、平社員の尻の穴をいじりながら、左手を伸ばすと、乳首を摘まんできた。爪を立ててくる。

「あうっ……」

「あら、お尻、すごく締まったわ。はあん、指、抜けなくなりそうよ」

と言いつつ、姫奈は乳首をひねりあげ、同時に尻の穴をほぐしてくる。

「あ、ああ……ああ……」

尻の穴は痛かったが、乳首同様、ただ痛いだけではなくなってきていた。痛気持ちいいというか、あらたな快感を覚えていた。

それは良かったが、さすがに限界が来ていた。

「専務、出そうですっ」

「だめ」

「本当に、出そうなんですっ」

俊哉は泣きそうな顔で、姫奈に訴える。

「だめよ」

姫奈の目がさらに光る。寸止めに耐える平社員の情けない顔を見たくて、ちんぐり返しで責めているようだ。

「申し訳ありませんっ。もうだめですっ、限界ですっ」

俊哉はあぶら汗まみれになっている。すでに尻の穴もたまらなく気持ちよくなっている。が、これがいけない。

「限界は突破するためにあるのよ、武田くん」

「あ、ああっ、出ますっ」

このまま出すと、姫奈の美貌を直撃しそうだ。そんなことしたら、即クビだ。

が、姫奈に顔面発射するさまを、思わず思い浮かべてしまった途端に、俊哉のペニスは暴発し、どばっと白濁液を噴きあげた。

### 3

「おう、おう……おおううっ」

びゅうびゅうっと射精するたび、俊哉は吠えていた。と同時に、おしまいだと思った。

俊哉は姫奈の美貌を見あげる。幸いザーメンは浴びていない。だがペニスの先端に、口のぬめりを覚えた。

えっ、うそ、姫奈専務が俺のち×ぽを咥えているっ。

それに気づくと、さらに吠えた。

「おう、おうっ」

と吠えつつ、姫奈専務の口に、喉に向けて、思い切り射精する。

どくどく、どくどくと止めどなく、ザーメンが噴射される。それはすべて、姫奈の口に放たれていくのだ。

顔面発射は即クビだが、口内発射はＯＫだ。しかし口で受けているのは、Ｓ建設の社長の娘なのだ。天上人の口なのだ。

姫奈は口で平社員のザーメンを受けつつ、小指は尻の穴に入れたままだった。

そのせいなのかわからなかったが、出しても出しても脈動が収まらない。ついに、姫奈の唇からザーメンがあふれてきた。

ようやく、脈動が収まった。

と同意に、俊哉は我に返る。大変なことをしてしまったのか、それとも、部屋を汚さなかったから、これはこれでよしなのか。わからない。

姫奈が唇を引き上げていく。露わになっていくペニスは、まだ勃起したままだ。

姫奈の小指が尻の穴に入ったままなのもあったが、興奮が強すぎて、萎える暇がないのだ。

「ああ、専務……あの、吐いてください……いや、吐いたら、部屋が汚れますよね……ああ、どうしたらいいのか……洗面所に行ってくださいっ」

姫奈は小指を尻の穴に入れたまま、ごくんと喉を動かした。

「あっ、専務っ」

姫奈が飲んだのだ。平社員のザーメンをごくんと飲んだのだ。

喉に粘つく白濁が絡《から》むのか、姫奈はもう一度、ごくんと喉を動かした。

「ああ……専務……ああ、専務、僕なんかのザーメンを……ああ、飲んでくださるなんて……」

感激と興奮で泣きそうになっていた。というか、泣いていた。

「部屋をザーメンの匂いまみれにしたくなかっただけよ」

そう言って、唇を開いて中を見せてくれる。ピンク色だ。ザーメンは一滴たりとも残っていない。もしかしたら、姫奈の口に出していないのではないか、と錯覚を起こしてしまう。

「不味《まず》かったわ」

「すいませんっ、僕が寸止めに耐えられなくてっ……」

俊哉は起き上がると、ネクタイに裸のまま、その場で土下座をする。

瑠理や美菜が美味しいと言ってくれていたから、ザーメンは美味しいものだと勝手に思っていたが、やっぱり不味いのだ。そんなものを姫奈専務に飲ませてしまうなんてS建設の一社員として失格だ。

「そうね。肛門を責められると、だめね」

「申し訳ありませんっ」

「お尻、鍛えなさい」

「はいっ、専務っ」

立つように言われ、立ち上がると、

「あら、まだ大きいのね」

と言って、ペニスを摑まれた。

「あんなにたっぷり私の口に出したのに」

「専務が、その……」

「なに？」

ぐいぐいしごきつつ、姫奈が聞く。

「いえ、その……私なんかが申し上げるのは……僭越《せんえつ》なのですが……いや、専務はとても綺麗で……セクシーで……エッチなので……」

一度口にしたら、止まらなくなる。

「エッチですって、私が」

「いや、すいませんっ。いや、その……すいませんっ」

姫奈がネクタイを摑み、ぐっと引く。

引かれるまま、リビングを出て洗面所に向かった。スイートらしく、洗面所も広く、前面の鏡も大きい。

そこに、全裸の姫奈とネクタイを引かれている俊哉が映っている。

姫奈は洗面台に両手をつくと、俊哉に向かって、キュートなラインを描くヒップを突き出してくる。

「入れて」

と鏡の中の俊哉を見つめつつ、姫奈がそう言う。

「よ、よろしいのですか……私のようなもののち×ぽを……」

「いいわ。もちろん、勝手に出してはダメよ。次、勝手に出したら、クビよ」

「出しませんっ。死んでも出しませんっ」

「よろしい」

入れて、と姫奈が繰り返す。失礼します、と俊哉は姫奈の尻たぼを掴んだ。手のひらに、肌がしっとりと吸い付いてくる。

こうなれば、ち×ぽで失敗を取り返す。そのチャンスをくださって、ありがとうございますっ。

尻たぼを広げると、割れ目が見える。

そこに、びんびんのペニスの先端を押し付けるや、ずぶりとめりこませていった。

「ああ……」

と姫奈が火の息を吐く。

姫奈の中はぬかるみだった。ただ、どろどろであっても、狭かった。最初から強烈に締めてくる。

俊哉は専務の肉襞の群れをえぐるようにして、立ちバックで突き刺していく。

「ああっ、硬いわ……すごく硬い……ああ、ああ、奥まで入ってくるの」

鏡の中の俊哉を潤んだ瞳で見つめつつ、姫奈がそう言う。

俊哉は締め付けに耐えつつ、奥まで貫いた。

先端から付け根まで、姫奈専務の媚肉に包まれる。じっとしていても、気持ちいい。

これだけでも、充分だ。

「なにしているの。突いて、武田くん」

はいっ、と俊哉は抜き差しをはじめる。遠慮がちに突いていく。

「強く突くのよっ」

鏡越しに、姫奈がにらんでくる。

「申し訳ありませんっ」

と謝り、俊哉は尻たぼを摑むと、ずどんずどんと突いていく。

「ああっ、いい、いいっ」

突くたびに、姫奈のあごが上がり、たぷんたぷんとたわわな乳房が揺れる。

鏡越しゆえ、立ちバックでも、姫奈の表情や乳房の揺れが堪能《たんのう》出来る。

ただでさえ刺激的な体位のうえに、姫奈のよがり顔も見られて、さっき出していなかったら、即発射していただろう。一発出しておいて良かったと思いつつ、激しく突き続ける。

「いい、いいっ……ああ、ああっ、揉んでっ、おっぱい揉んでっ」

と言って、姫奈が背中を反らせてくる。

俊哉は腰を動かしながら、両手を前に伸ばし、お椀型の美麗な乳房を鷲掴みにする。

「ああっ、強く揉んでっ」

俊哉は鏡越しに姫奈のよがり顔と乳房を見ながら、揉みしだいていく。

形良く張った乳房が、俊哉の手で淫らに形を変えていく。揉みしだくたびに、おま×こがきゅきゅっと締まる。

姫奈の背中が汗ばみ、甘い体臭が薫ってきている。

視覚的にも触覚的にも、そして嗅覚的にも刺激を受けている。まさに、五感で姫奈を味わっていた。

一介のサラリーマンには贅沢過ぎる時間だ。贅沢すぎるエッチだ。

「ああ、張って……」

と姫奈が言う。

「は、張ると申しますと……」

何を求められているのか、俊哉にはわかったが、確認していた。万が一間違っていたら、取り返しがつかない。

なにせ、姫奈専務の尻を張るのだから。慎重になる。

「お尻よっ、姫奈のお尻を張ってっ、ああ、お仕置きしてっ」

と姫奈が叫ぶ。ドSだと思っていたお嬢様の口から、お仕置きして、という言葉が発せられるとは。それだけで興奮度がマックスになる。

「ああ、大きくなったわっ、ああ、姫奈にお仕置きしたいのねっ。姫奈に恨みがあるのねっ」

「いいえ、恨みなんてありませんっ。感謝しているだけです」

「うそばっかり、ほらっ、お仕置きしなさいっ」

お仕置きというのは命じるものなのか。

俊哉は迷いを振り払うと、

「失礼します」

と言うなり、ぴしゃりと姫奈のヒップを張った。

「なにそれっ」

と姫奈が鏡越しににらんでくる。びびって、つい弱く叩いてしまったことを見抜かれているのだ。

「すいません……」

一発目より、やや強めにぴしゃりと張る。

「クビになりたいのね」

「いいえっ。張らせて頂きますっ」

そう叫ぶと、ぱしーんっ、と派手な音をたてて、思い切り専務の尻たぼを張った。

すると、

「あうっんっ」

と姫奈が甘い泣き声をあげた。

それに煽られ、俊哉は抜き差ししつつ、ぱんぱんっと左右の尻たぼを交互に張っていく。

「あんっ、やんっ、あんっ」

張るたびに、姫奈が愛らしい声で泣く。さっきまでにらみつけていたが、今は、すがるような目を鏡越しに向けてくる。

その目に、俊哉は暴発しそうになるが、クビにはなりたくない、と必死に耐える。

張っていると、白い尻たぼに、はやくも手形が浮いてくる。肌が白く繊細なために、すぐに痕《あと》になるのだ。

「ああ、また硬くなった。もう鋼鉄ねっ」

姫奈がうっとりとした目で見つめてくる。一瞬、惚れられたか、と錯覚を起こしてしまう眼差しだ。

「ああ、いきそう……ああ、姫奈、いきそうよ」

俊哉はこのままいかせるべく、ぱんぱんっと張りつつ、ピストン責めを激しくする。

「いい、いいっ……ああ、いきそう……」

と姫奈が訴える。

「いっしょに……いっしょにいって、武田くんっ」

と姫奈が言ってくる。

「えっ……出していいんですか……」

「いっしょよ。いっしょならいいわ。姫奈の中に出して」

姫奈専務に中出ししっ。

そう思うだけで出しそうになるが、勝手に出してはだめだ。いかせつつ、出すのだ。

俊哉は右手で尻たぼを張りつつ、左手で乳房を揉みしだく。そして勢いをつけて、窮屈なおんなの穴をえぐっていく。

「ああ、ああっ、いきそう……ああ、いきそうっ……武田くんもいきそうかしら」

と姫奈が鏡越しに聞いてくる。

「ああ、いや、まだ……」

「なにしているのっ」

と姫奈がまた美しい黒目でにらんでくる。

「ああ、もっとにらんでくださいっ、あ、ああ、もっとっ」

俊哉は激しく腰を前後させつつ、そう叫ぶ。

すると、姫奈が鏡越しに潤んだ瞳でにらみ、

「ああ、いっしょに出ないのなら、クビよっ」

と言って、上体を反らせ、細長い首をねじって、じかに俊哉を見た。

火の息を顔に感じたと思った瞬間、口を塞がれた。ぬらりと姫奈の舌が入ってくる。

ここだっ、と思い、とどめを刺すべく、子宮を叩いた。

「ううっ」

姫奈が火の息を吹き込みつつ、いった。

万力で押し潰されるかのように締め上げられ、姫奈専務と舌をからめていることもあって、俊哉も精子を噴きあげる。

「うう、ううっ」

姫奈の口の中でおうおうっ、と雄叫びをあげて、姫奈の胎内に思うさま出す。

「んむうう、むううっ……」

姫奈もいくと叫んでいるはずだ。上体を反らした裸体をがくがくと震わせ、あぶら汗を浮かせている。

さっき、大量に姫奈の口に出したことがうそのように、俊哉は脈動を続ける。

姫奈の唇が離れた。

「いくいくっ」

とさらに、気をやり続けた。

脈動がやんだ。二発続けて大量に出したから、さすがに一気に萎えていき、おま×こに押しやられるように、ペニスがおんなの穴から出た。

姫奈がこちらを向いた。

「私とは、まだ会ったばかりなのに、口とおま×こ、どっちにも中出ししたわね。そんな男性、初めてよ」

すいませんっ、と謝る俊哉の口を、姫奈がやわらかな唇で塞ぐ。そして火の息と共に、舌をからめてくる。

たちまち、萎えていたはずのペニスが起き上がった。

姫奈は舌をからめつつ、俊哉の乳首を摘まむと、ぎゅっとひねってくる。

「う、ううっ」

うめきつつも、ペニスが硬くなっていくのがわかる。

姫奈は唇を引くと、俊哉の胸板に上気させた美貌を寄せてきた。乳首を唇に含み、じゅるっと吸ってくる。

「ああ、専務……」

二発出した後なのに、気持ちよくてからだをくねらせてしまう。

姫奈がペニスを摑んできた。

「乳首をいじると、大きくなるわね。じゃあ、これはどうかしら」

と言って、乳首の根元に歯を当ててきた。嚙まれると思っただけで、一気に勃起させる。

「まだ嚙んでないのよ」

「すいません……」

なぜか謝る。とにかく、上役には謝るのが一番だ。

姫奈があらためて乳首を唇に含み、歯を当ててきた。

今度は、がりっと歯を立てられた。

「おおうっ……」

嚙みつつ、ペニスの先端を手のひらで包むと、こすってくる。

「あ、ああ、あああっ」

俊哉はスイートルームの洗面台の前で、ひとり甲高い声を上げ続けた。

「入れて」

と言うと、姫奈が抱きついてきた。立ったまま、今度は真正面から繫がった。

たわわな乳房を胸板に押しつけ、姫奈の方から腰を前後に動かしはじめる。

「ああっ、いいわっ。このおち×ぽ、最高よっ」

と姫奈が腰をうねらせて叫んだ。

# 第五章　真・福利厚生課の未来

## 1

S建設本社ビルの車寄せに、黒塗りの車が横付けされる。

深々と頭を下げて出迎えた俊哉は、すぐに後部座席のドアを開いた。

すると、ストッキングに包まれた姫奈専務のお御足が出てくる。

「おはようございます、専務」

「おはよう」

コート姿の姫奈が本社ビルに颯爽《さっそう》と入っていく。

バッグを受け取った俊哉は姫奈の後に付き従う。

ふたりでエレベーターに乗り込む。エレベーターの中が、すぐさま、姫奈の甘い薫りに包まれた。

その匂いを嗅いだだけで、ペニスがひくつく。もっとも、ペニス自体は車から出てきた姫奈のふくらはぎを目にした瞬間、勃起していたのだが。

姫奈がエレベーターの中で、俊哉のスラックスの股間を摑んできた。

「うう……」

「今日も元気ね」

姫奈といる時はずっと勃起させていることが、俊哉のなによりの務めだった。

二週間ほど前に、俊哉は東京本社に呼び戻されていた。専務付きの秘書という役職を与えられたのだ。

だがもちろん、真・福利厚生課の仕事も兼任で、東京とN市を一週間ごとに行ったり来たりする生活になっていた。

東京にいる一週間は姫奈の秘書として勤務し、N市にいる一週間は真・福利厚生課として瑠理と美菜に仕えるようになったのだ。

「おはようございます」

専務室に入ると、もうひとりの秘書が出迎えてくれた。女性である。

田中史奈《たなかふみな》といい、三十八才の人妻だった。史奈はもともといる秘書で、そこに俊哉も加わった形だ。

姫奈がコートを脱ぐ。

今日は黒のジャケットに、黒のミニ丈のスカートだった。下は純白のブラウスだ。

史奈がさっそく、今日のスケジュールを口頭で伝えていく。俊哉は史奈の背後でそれを聞いているだけだ。実質的な秘書の仕事は史奈が続けていて、姫奈が俊哉に求めているのは福利厚生の方の仕事だった。

加えて、俊哉は史奈の福利厚生も担当していた。

穏やかそうな史奈も性欲を滾らせるのだと思うと、この世の人妻は皆、欲求不満をため込んでいるのだろうか、とすら思えてしまう。

「午後から、W市開発プロジェクトの打ち合わせとなります」

S建設は現在、あちこちの再開発プロジェクトへの参加に力を入れていた。特に今、重点的に進めているのがW市開発プロジェクトだ。S建設単独ではなく、同じ規模の他の建設会社三社との共同体で参加する運びになっている。

今日の姫奈は、その同業他社の重役たちと打ち合わせする予定があり、そのためにミニスカで来ていた。これは、いわば姫奈専務の勝負服なのだった。

『白のブラウスにミニスカが一番よろこばれるのよ』

と姫奈自身が言っていた。

スケジュールを告げると、失礼します、と史奈は秘書室に戻っていく。

俊哉は、そのまま姫奈の重役室に残った。そもそも、秘書室に俊哉のデスクはない。いつも専務室の端に立ち、姫奈専務からの指示を待つのが、俊哉の役割なのだ。

一時間ほど過ぎただろうか、姫奈がパソコンのディスプレイを見ながら、

「ほぐして」

と言った。

俊哉は、はい、と姫奈のデスクに近寄る。

失礼します、とデスクの脇にしゃがむと、そのままデスクの下に入っていく。

その狭い空間はすでに、おんなの甘い匂いに満ちていた。

俊哉は即、勃起させていた。椅子に座っているため、ミニ丈がたくしあがり、ガーターベルトで吊ったストッキングより上の生太腿がのぞいている。

俊哉はそこに顔を埋めていく。

しっとりとした太腿の肌が、俊哉の顔に貼り付いてくる。

俊哉は何度か太腿に顔面をこすりつけると、ミニの裾をさらにたくしあげた。

すると予想通り、いきなり割れ目があらわれた。

姫奈は大事な仕事の時ほど、ミニスカノーパンで臨《のぞ》む。破廉恥な格好で会社にとって大切な仕事をするのが、なによりの刺激になっているようだ。

俊哉は姫奈の恥部に顔を寄せると、割れ目の上から顔を押し付けた。ぴくっと姫奈の股間が動く。しばらく顔面をこすりつけていると、

「クリ、吸って」

と上から指示が下る。

俊哉は、はい、と返事をして、すぐに姫奈のクリトリスを口に含み、吸っていく。この瞬間が真・福利厚生課の人間にとって、一番緊張する時だ。

「あっ、ああ……」

姫奈が敏感な反応を示し、ほっとする。今日も感じてくれている。

俊哉はちゅうちゅうクリトリスを吸いつつ、姫奈の喘ぎ声に注意を払う。

「はあっ、あんっ、ああ……」

姫奈はかなり感じているようだ。それはよかったが、あまり感じさせるのはまずい。調整のために、口を引く。

感じさせるのはいいが、いかせてはだめなのだ。今日は午後から大切な会議がある。いけばやはり気が緩《ゆる》む。それに一度いくと、続けていきたくなる。それはまずい。

「どうしてやめるの。吸いなさいっ」

と叱咤《しった》の声が落ちてくる。

すいませんっ、と謝り、俊哉は再びクリトリスに舌を這わせた。そして今度は、優しく吸い上げた。それでも、

「はあっ、あんっ」

と姫奈が敏感な反応を見せる。これではすぐにいきそうだ。叱咤されても、それは避けなければならない。

「おま×こ、舐めて」

俊哉が窮《きゅう》していると、新たな指示が下った。姫奈は本当はクリ派で、おんなの突起を弄られるのを好むのだが、さすがにこのままクリ吸いを続けさせては、いってしまうと思い直したのだろう。おま×こ舐めに変えさせたのは、冷静な判断が出来ているということだった。

俊哉はクリトリスから口を引くと、割れ目を開く。と同時に、むせんばかりの牝の性臭が俊哉の顔面を包んでくる。

姫奈の媚肉はすでにどろどろだった。幾重《いくえ》にも連なった肉襞の群れが、入れて、とざわざわ蠢いている。

それを見ていると、ふと、頭から突っ込みたくなる。

「舐めなさい、はやく」

と上から姫奈が急《せ》かす。

はい、と割れ目に顔面を押し付けた時、デスクの内線が鳴った。

「なにかしら……」

と姫奈が応答する。声が甘くかすれている。

「今日の打ち合わせの件で、担当の上西《うえにし》部長がご相談にいらしてます」

と史奈の声が告げた。

## 2

「入ってもらって」

と姫奈が言う。

俊哉はデスクから出るよう、命じられるとばかり思っていたが、姫奈はなにもあらたな指示を出さない。ということは、継続ということか。

継続すなわち、おま×こを舐め続けろということだ。

俊哉は専務の意志に忠実に従うだけだ。舌を出すと、ぞろりと肉襞を舐めた。

「ああっ」

姫奈が甘い声を上げると同時に、ドアがノックされた。

「入って……」

と姫奈が言う。声が甘くかすれたままだ。きっと、瞳も潤んでいるだろう。そんな状態で担当部長と会っていいのか。

舐めるのをやめておいた方がいいのでは。いや、そんな指示は出ていない。指示以外のことをしてはいけない。

舐め続けるのだ。それを姫奈も望んでいる。

「専務、さっそくですが、今日のプロジェクトの打ち合わせの件ですが」

上西がデスクに近付いてくるのがわかる。

「これをご覧になってください」

となにか資料を見せているようだ。

俊哉はぞろりぞろりと姫奈専務の肉襞を舐めていく。

「あっ……ああ……」

姫奈が甘い喘ぎを洩らし、下半身をくねらせる。

「やはり、人件費と資材費が高騰《こうとう》していまして、この値段で抑えることは不可能になっています」

「ああ、そ、そうね……」

声が甘くからむようになっている。肉襞も、俊哉の舌にからんできている。愛液はとめどなく溢れ出て、すでにぴちゃぴちゃと蜜音がしている。上西部長の耳に入るのも、時間の問題かもしれない。

「どうかされましたか？　専務」

「いえ……続けて」

俊哉はここぞとばかりに、舌を奥まで入れて、激しく前後に動かす。

「はあっ、あんっ」

あきらかに、姫奈が甘い喘ぎを洩らしている。

が、上西は今度はなにも訊ねることなく、別の部分で経費を抑える話をはじめた。

俊哉は激しく舌を動かし続ける。すると、姫奈のおんなの穴が強く締まってくる。

締めつつ、ひくひく動いている。

これはいきそうだ。いくのはまずい、と舌を止める。すると、

「続けて……」

と姫奈が甘くかすれた声でつぶやいた。上西の説明はまだ途中なのに、続けて、と言ったということは、これは俊哉への指示なのだ。

俊哉は、いかせてしまうかもと心配しつつも、姫奈の膣奥をぞろりと舐めた。

「うう……」

姫奈がうめいた。おま×こが強烈に締まる。いったのか。いや、ぎりぎりいってはいない。

つまり、姫奈は寸止めに耐えているということだ。もっと言えば、耐えることに快感を覚えているのではないか。

てっきり姫奈はどSだと思っていたが、そうではなく、快楽に対して貪欲なだけで、あらたな快楽を得られるのなら、Mにもなるのだろう。

いつも寸止めに耐えている俊哉を見て、私も経験してみたい、と思っていたのかもしれない。それなら、寸止される喜びを堪能してもらおう。

俊哉はぞろりぞろりと陰部を舐める。

「うう、うう……」

姫奈の下半身がひくひく動く。おま×こも強烈に締まっている。

いくか、と察知すると、舌の動きを止める。毎日、姫奈のおま×こを舐めていて、いくかどうかは察知出来る。

「専務、お聞きになっておられますか」

と上西が怪訝な声で聞く。姫奈は出来る専務なのだ。相手の話を聞いてないなど、普段はありえない。

が、今は普段とは違うのだ。いくのを我慢して、そのことに快感を覚えているのだ。

「もう一度、おねがい……」

と姫奈が言う。おねがい、という声は甘く男の心にからむようで、はい、と返事をした上西の声が上擦《うわず》っている。

だが、姫奈が〝おねがい〟したのは、上西ではなく、俊哉のはずだった。

わかりました姫奈専務、とばかりに、俊哉はおま×この奥へと舌を侵入させていく。

と同時に、クリトリスを摘まみ、ころがした。

「はあっんっ」

と姫奈が甲高い声をあげた。

「専務っ……」

「なんでもないわ……続けて、おねがい」

とまた、甘くからむような声で、姫奈は今度は上西部長におねがいする。

「は、はい……専務」

上西は同じ説明を三度《みたび》はじめた。上西の声もずっと上擦っている。目の前で、美人専務が火の息を洩らしているのだ。当然だった。

「はあっ、うん……え、ええ……ええ……」

上西の説明に合わせ、相づちを打つ声が、なんとも色っぽい。それはそうだ、いきそうなのに耐えている声なのだ。

上西部長もラッキーじゃないか。姫奈お嬢様のこんな声、めったに聞けるものじゃない。それに、俊哉は見ることが出来ないが、間違いなく、姫奈は誘うような眼差しで上西を見ているはずだ。

上西も勃起させながら、プロジェクトについて説明しているのかもしれない。

「もっと……」

と姫奈が言う。

「えっ!? あ、ああ……続きですね。すいません」

上西の声が喉にからまっている。

もっと、というのは、もちろん俊哉への指示だ。もっと刺激が欲しいのだ。なんてお嬢様だろう。

俊哉が思うに、仕事中だから余計感じているのだ。上西の前だから、たまらないのだろう。

俊哉はおま×こから舌を抜くと、クリトリスに向けた。今度はクリトリスをぞろりと舐め上げながら、いきなり二本の指をおま×こに入れた。

「あうっんっ」

と姫奈が上西部長の前で、いったような声をあげた。

が、まだいっていない。指への締め付け具合でわかる。

が、次責めたら、いくだろう。

「せ、専務……」

「ああ、大丈夫よ……続けて……」

甘く誘惑するような声で、姫奈が上西と俊哉に同時に命じる。

上西が説明を続けようとするが、あれ？　いや、ここじゃないな、と資料をあわてめくる音がする。上西自身がかなりパニクっているようだ。

俊哉は動けずにいた。次責めたら、間違いなく姫奈はいってしまう。

「なにしているの……続けて……」

と姫奈が言う。

「すいませんっ」

と上西が謝っているが、違うのだ。俊哉に続けてと言っているのだ。

俊哉はクリトリスから舌を引き、おんなの穴から指を抜くと、閉じていく割れ目を舐めあげる。

「あっ……」

微妙《びみょう》な刺激に姫奈がじれて、自分から強く股間を押し付けてくる。

すると割れ目が開き、舌がぬかるみにめりこむ。

「ああっ、そのまま……」

「えっ……」

上西が困ったような声をあげる中、俊哉がぬかるみの中で舌を動かす。ぬちゃぬちゃと淫らな音がする。

「あ、ああっ……ああっ」

いきそうだ、と思った瞬間、舌を抜いた。

「やんっ」

「専務、大丈夫ですか」

「ああ、ごめんなさい。ちょっと目眩《めまい》がして……」

姫奈の声はねっとりとしている。

「顔がすごく赤いです。息も荒くて……」

「ああ、熱があるのかしら」

「あっ、専務っ……」

おそらく姫奈専務は、上西の手を取って、自分の額に当てているのだろう。

上西をさらにパニクらせ、この非常時をうやむやにするつもりだ。

ドアがノックされた。

「専務、大丈夫ですか？」

と史奈が顔をのぞかせる。

「ああっ、大丈夫よ……。上西さん、ありがとう。よくわかったわ。午後もよろしくね」

「は、はい……」

上西が出て行く気配がした。前かがみになっているかもしれない。

と同時に、姫奈の恥部も俊哉の顔面から離れていった。

「出てきていいわよ……」

と姫奈の声がする。出ると、姫奈はソファーに横になっていた。

ミニはたくしあがり、ノーパンの恥部が丸出しとなっている。

そんな姫奈専務を見て、史奈は困惑の表情を浮かべている。

「武田くんが、いい仕事をしてくれたのよ」

と姫奈が説明する。

「そ、そうなんですか……」

史奈が呆然とうなずく。

「ずっと寸止め責めをしてくれていたの」

「寸止め……責め……」

「そう。武田くんを寸止め責めにしながら、武田くんを見ていて、どこかうらやましく思っていたの。自分が寸止め責めを受けて、わかったわ。すごくいいの。午後から大事な仕事があるから、いってはだめ、と耐えるのがたまらないのね。大切な方との会食中、トイレで自分で寸止めしたことはあるけど、その時の比ではないわ。自分の時は結局自分で調整しているからね」

そう言いつつ、姫奈がミニ丈の裾を引く。俊哉の視界から姫奈の割れ目が消える。

「私、Mっ気もあることを知ったわ」

しばらく休むわ、と言って、姫奈が目を閉じた。

# 3

俊哉と史奈は姫奈に付いて、W市開発プロジェクトを共同でやるM建設に来ていた。そこの会議室に、姫奈は担当の上西部長と共に入っている。会議はどれくらいかかるかわからない。終わるまで、秘書の俊哉と史奈は別室で待つことになっていた。

「お尻出して」

と史奈がいきなりそう言った。

「えっ」

「出して」

「こ、ここで、ですか……」

別室は十畳ほどの会議室だった。コの字型のデスクと椅子がある。その椅子にふたり並んで座っていた。

「そう。武田くんのお尻、専務からほぐすように言われているの」

「専務に……」

すでに姫奈には尻の穴を舐められ、指まで入れられている。

こうなってもいいように、常に体も尻も清潔にしてはあるが、まさか他の会社で求められるとは。

「武田くん、お尻、好きなんでしょう」

「そ、そう、ですね……」

尻の穴で感じることも、すでに史奈に知られている。

「さあ、はやくお尻を出して」

「は、はい……」

俊哉はスーツの上着を脱ぐと、スラックスのベルトを緩めた。ブリーフと共に下げると、デスクに両手をつき、史奈に向かって、尻を掲げていく。

「なんて格好なの。恥ずかしくないのっ」

と史奈があきれたような声をあげる。

「すいませんっ、すいませんっ」

史奈さんが尻を出せと言ったから出したんです、と口答えはしない。これこそ、真・福利厚生課の仕事なのだ。

史奈が背後に立ち、手を伸ばしてきた。いきなりペニスを摑んでくる。

「あっ、すごいっ」

当然のことながら、俊哉はびんびんにさせていた。史奈にお尻を出してと言われた瞬間から、勃起は最高潮に達していたのだ。

完全に、真・福利厚生課体質になっている。これは、仕事上ではいいことだが、プライベートでは大丈夫なのだろうか。が、今も彼女はいないし、その必要もない。週ごとに姫奈や史奈、瑠理と美菜という四人を相手をしているだけで、充分過ぎる。

「久しぶりに、こんな硬いおち×ぽを握ったわ」

と、ため息をつくように、史奈が言う。史奈の旦那も勃ちが悪いのだろうか。史奈の旦那はひとまわり上だと聞いている。ということは、五十か。

史奈は知的な美人だったが、それでも長年夫婦をやっていると、勃ちが悪くなるものなのか。

「専務といっしょの時も、ずっとこうなのね」

史奈はペニスから右手を離さない。

「はい……」

「素敵よ」

と言うと、顔を尻の狭間に寄せてきた。左手で尻たぼの片方を摑むと、ぐっと広げる。

「見られているだけで、ひくひくしているわ。可愛いのね」

そうなのか。俺の尻の穴は可愛いのか。

史奈の息を尻の穴に感じた。そして、ぬらりと舐められる。

「ああっ」

ぞくぞくっとした快感が走り、俊哉はひと舐めで女の子のような声をあげてしまう。

どういうわけか、尻の穴を舐められると、女の子の声になる。

史奈はぺろぺろと舐めつつ、ペニスをぐいぐいしごいてくる。

「ああ、あんっ……ああ、あんっ……」

俊哉は女の子のような喘ぎ声をあげ続け、突き出した尻をくねらせる。

「じっとしていなさいっ」

と、史奈がぱあんっと尻たぼを張ってくる。それにも感じてしまい、あんっ、と声をあげた。

「あら、感じるのかしら」

と聞きつつ、史奈がぱしぱしっと尻叩きを続ける。

「ああ、あんっ……あんっ……」

俊哉は甘い声をあげ続ける。

史奈が左手の小指をほぐした尻の穴に忍ばせてきた。右手ではペニスを摑んだままだ。一度摑んでから、ずっと離さないでいる。

「う、うう……」

「痛いかしら？」

「いいえ……気持ち、いいです」

「そうよね。だって、おち×ぽ、ますます太くなってきたもの」

史奈の声が上擦ってきている。硬いペニスをずっと摑んで、尻の穴をいじって、かなり昂ぶっているようだ。

「ああ、もう我慢出来ないっ」

と言うなり、史奈が尻の穴から指を抜き、ペニスを引っ張るようにして、俊哉を正面に向かせた。そしてすぐに、その場にしゃがむと、見事に反り返っているペニスにしゃぶりついてきた。

いきなり鎌首を咥え、貪り喰ってくる。

「うんっ、うっんっ、うんっ」

史奈は無心にしゃぶってくる。ペニスに飢えた牝猫だ。

一気に根元まで咥えこまれ、じゅるっと吸われる。と同時に左手の小指を伸ばし、尻の穴をくすぐりはじめた。

「あっ……」

やはり、ペニスと同時責めは効く。入り口をくすぐられただけで、俊哉はどろりと我慢汁を漏らしてしまうのだ。それを舌で受けた史奈が、

「美味しいわっ」

と声をあげる。

「もっと、我慢汁ちょうだい」

と言って、小指をずぶりと尻の穴に入れてきた。

「あうっ、うんっ……」

俊哉は腰を震わせ、さらに我慢汁を出す。すると、史奈がそれをちゅうちゅう啜ってくる。

そして、うんうん、とうめきつつ、知的な美貌を上下させる。優美なラインを描く頬が、窪み、ふくらみ、また窪む。

「ああ、我慢出来ないっ。我慢汁吸っていたら、欲しくなったのっ」

と叫ぶと、史奈もジャケットを脱ぎ、ブラウスとスカートだけになると、スカート

の裾をたくしあげていく。

史奈はストッキングを穿いていたが、太腿の半ばで途切れている。姫奈同様、ガーターベルトで吊っていたのだ。

しかも、ノーパンだった。

「えっ、パンティ穿いていないんですかっ」

下腹の陰りがいきなり露わとなっている。

「武田くんが秘書として配置されてから、パンティは穿かないで来るように、と専務に言われていたの」

「そ、そうなんですか……」

秘書にノーパンで出勤するようにと言う女の上司など、他にいないだろう。

しかも自分がノーパン秘書を楽しむためではなく、秘書にも楽しんで欲しいということで、ノーパンを推奨しているのだ。

「入れて」

と言うと、今度は史奈がデスクに両手をついて、ヒップを差し出してきた。三十八の熟れ妻だけあって、双臀もむちっとあぶらが乗り切っている。

俊哉は尻たぼを掴むと、ぐっと開いた。割れ目も開き、真っ赤に燃えたおんなの粘膜があらわれる。肉襞の群れが、入れて、と誘っている。

俊哉は立ちバックで、先輩秘書の中にぶちこんでいく。

「あうっ、うんっ」

思えば、立ちバックが多い。正常位でエッチしたのは、若妻の美菜だけか。

俊哉は最初から飛ばしていく。ここは他社の会議室なのだ。いつ、誰が顔をのぞかせるかわからない。が、その状況が、史奈を興奮させてもいた。

「いい、いいっ」

抜き差しするたびに、史奈が叫ぶ。

「外に聞こえちゃいますよ……っ」

「た、武田くんが激しく突くからよっ」

と史奈が叫び、俊哉が抜き差しを緩めると、

「なに緩めているのっ」

と叱咤する。

俊哉はピストン責めをすぐさま激しくする。

「いい、いいっ、久しぶりっ……ああ、硬いおち×ぽ、久しぶりっ……ああ、大きなおち×ぽ、欲しかったのっ」

と史奈が叫ぶ。

その途端、いきなり会議室のドアが開いた。

終わった、と全身の血の気が引いた。

が、違っていた。

「あら、さっそくやっているのね」

振り向くと、姫奈が立っていた。ドアが閉められる。

「専務、会議は？」

「こっちが気になって、上西部長に任せてきたわ。彼は優秀だから、大丈夫よ」

「そ、そうですか……」

はやくも、姫奈がミニスカートを脱ぎはじめた。

こちらも、ガーターベルトにノーパンだ。割れ目があらわれ、史奈の中でペニスがひくつく。

姫奈が史奈の隣に立ち、デスクに手をつくと、俊哉に向かって、ぷりっと張ったヒップを差し出してくる。

「入れて、武田くん」

と姫奈が求めてくる。史奈に入れていたが、専務の要望とあれば、当然そちらが優先される。

　俊哉が史奈から抜こうとすると、だめ、と言うように、強烈におま×こが締まった。

「あ、あんっ」

　不意をつかれ、俊哉は甘い声をあげる。

「なにしているのっ。はやく入れなさいっ。トイレと言って抜けてきたから、時間がないのよ」

　完全に上西任せというわけではないようだ。それはそうか。

「はいっ」

　と俊哉は史奈の中からペニスを抜く。時間がないと言われて、史奈も我に返ったようだ。

　秘書の愛液でぬらぬらのペニスを、姫奈にいざ挿入しようとすると、

「待ってっ」

　と史奈がその場にあわててしゃがみ込み、たった今まで自分のおま×こに入っていたペニスにしゃぶりついてきた。

「ああっ……」

　俊哉がうめく。自分の愛液まみれのペニスを、専務のおま×こに入れさせるわけに

はいかないと思ったのだろう。

「ちょっと、なにをじらしているのかしら」

姫奈の方は、ぷりぷりのヒップをうねらせて、俊哉を誘う。すると、史奈の口の中でさらにたくましくなる。

「う、ううっ……」

史奈が苦しそうな呻きとともに吐き出した。愛液が唾液にすっかり塗り変わっている。

俊哉は「お待たせしました」と姫奈の中に、これまた立ちバックで入れていく。

「ああっ」

一撃で、姫奈が歓喜の声をあげる。

どうやらノーパンでの会議中に、こちらのことを想像して昂ぶっていたようだ。

すでに姫奈のおま×こはどろどろだ。そこを激しく突いていく。

「いい、いいっ、いいっ」

突くたびに、姫奈が歓喜の声をあげる。

「専務、そんな声をあげると、ここの会社の人に気付かれますっ」

「武田くんが激しく突くからでしょうっ」

と秘書と同じことを言う。もちろん、今度は緩めない。さらに力強く、姫奈専務の媚肉をえぐっていく。

「いい、いいっ」

と姫奈が喘ぐ中、しゃがんだままの史奈が、うらめしそうに姫奈の尻の狭間を出入りするペニスを見つめている。

「史奈さんも、しゃぶっていいわよ」

と姫奈が言う。それを聞いて、俊哉が姫奈の穴からペニスを抜くと、愛液まみれのペニスを秘書に突きつける。すると史奈はためらいなくしゃぶりついた。

「ううっ……」

おま×こから出したばかりのペニスをしゃぶられる快感に、俊哉はうめく。

史奈はうんうんうめきつつ、俊哉のペニスをしゃぶると、唇を引いた。姫奈の愛液がすっかり史奈の唾液に塗り変わっている。

それを再び、姫奈のおま×こに入れていく。

「あうっ……」

姫奈が黒のジャケットを着た上半身を反らせる。

「ああ、いい、いいっ……史奈さんにも、入れてあげて」

と姫奈が言う。

「いいんですか、専務」

しゃがんだまま、史奈が聞く。

「いいわよ。いっしょにいきましょう、史奈さん」

「ああ、専務っ」

これも人心掌握術のひとつなのか。

「ほら、史奈さんもよがらせるのよ」

と姫奈が言い、俊哉は専務の中からペニスを抜く。俊哉は隣で熟れ尻を差し出している史奈の中に、慌《あわ》てることなく入れた。

「いいっ」

と史奈が甲高い声をあげる。

「うふふ、本当に外に聞こえそう」

と微笑するなり、驚くことに姫奈は、史奈のあごを摘まみ、よがり声をあげる唇を自分の唇で塞いでいったのだ。

「う、ううっ」

姫奈とキスした瞬間、史奈のおま×こが万力のように締まり、俊哉は思わず、出そうになった。どうにか耐える。

　俊哉はずどんずどんと突いていく。

「うう、ううっ、ううっ」

　秘書が吐く火の息が、姫奈の口へと吸い込まれる。

　俊哉は史奈から抜くと、すぐさま、史奈の愛液でべとべとのペニスを姫奈に入れていく。

「うう、ううっ」

　今度は姫奈の火の息が、史奈の口に吹き込まれる。

　姫奈のおま×こも、秘書とキスすることで、さらに締まってくる。肉襞の群れを削るようにして、俊哉は突きまくる。

「ああ、いきそう……ああ、だめよっ、いくのはだめっ」

　と言いながら、姫奈は自らヒップをうねらせる。強烈に締めてくる。

「専務っ、いかがなさいますかっ」

　このままいかせていいのか、やはり止めるべきか、俊哉は確認した。

「あ、ああっ、だめに決まっているでしょうっ。会議を抜けてきているのよっ」

　と姫奈が叫ぶ。その声は今にもいきそうだ。

「すいませんっ」

と謝り、ぎりぎりで俊哉は姫奈からペニスを抜いた。

「えっ」

と姫奈が声をあげる中、俊哉は史奈に入れていった。

数回突くと、美熟女はいく寸前の喘ぎを漏らす。

「あ、ああっ、いきますっ……ああ、申し訳ありませんっ、専務っ……ああ、史奈……ああ、いっちゃいますっ」

専務をさしおいて、自分だけいくことを謝ると、

「い、いくっ」

と叫んだ。

俊哉はぎりぎり耐える。が、姫奈がこちらをにらんできて、その顔を見た瞬間、吠えた。

「おう、おうっ」

雄叫びをあげつつ、姫奈専務の前で、史奈の中に出しまくった。

# 4

その夜。

「ふたりだけで勝手にいくなんて、ゆるさないわっ」

「申し訳ございませんっ」

俊哉は史奈と共に、姫奈のマンションに呼ばれていた。

部屋に入るなり裸になれと命じられ、史奈といっしょに全裸になると、床に四つん這いになって、並んで尻を掲げていた。

「勝手な真似をしてっ」

と言って、姫奈が右手で俊哉の尻を、左手で史奈の尻をぱんぱんっと張る。

俊哉はうめき声をあげたが、史奈は、あんっ、甘い声を放っている。はやくも感じているようだ。

あの後、姫奈は俊哉をにらみつけながら部屋から出て行き、他の建設会社の重役たちとの打ち合わせに戻っていった。

その後、姫奈は冴えわたる良いアイデアを連発で出したらしい。あのまま、いっていたら、頭は冴えていなかっただろう。だからあの時、姫奈をいかせずに史奈に出したのは、正解だったのだ。

が、そのことは褒められず、寸止め状態のいらいらをぶつけられている。

とはいえ全裸で四つん這いになり、ぱんぱんと姫奈に尻を張られているうちに、俊哉も史奈のように感じはじめていた。

姫奈が史奈のおま×こに左手の指を、俊哉の尻の穴に右手の指を入れてきた。

「はあっ、あんっ、専務っ」

と史奈が喜悦の声をあげる。

「ぐしょぐしょね、史奈」

と姫奈は秘書を呼び捨てにする。

「申し訳ありませんっ……ああ、あんっ、やんっ」

史奈はすっかり姫奈の牝猫となっていた。

「武田くんはどうなの。気持ちよくないのかしら」

尻の穴を小指でいじりつつ、姫奈が聞いてくる。お仕置きではなく、部下たちを感じさせようとしているのか。これは、専務からのねぎらいなのか。

そう思った瞬間、俊哉は姫奈の尻の穴いじりを、いっそう甘やかに感じてしまった。

「あ、あんっ」

と思わず、女の子のような声をあげてしまう。

「ほら、どうかしら」

姫奈は左手を史奈の股間から抜くと、それでペニスをしごき、右手の指で尻の穴をいじってくる。

「あ、ああ……専務……」

「もっと、女の子みたいに泣きなさい」

「はい、専務……あ、ああんっ」

はやくも、どろりと我慢汁を出す。

「ああ、ああっ、専務っ」

ペニスと尻の穴の二カ所責めはたまらない。あまりに気持ちよくて、出しそうなる。

「ああ、出そうですっ」

「あら、もう？　そんなに良かったのね」

と言うなり、さっと右手と左手を引き上げた。

「えっ……」

いきなり梯子《はしご》を外され、俊哉は狼狽《うろた》える。その隣で史奈が、

「いい、いいっ」

と叫びはじめる。見ると、姫奈が右手で史奈のクリトリスを摘まみ、左手の指をおま×こに入れていた。こちらも二カ所責めで、よがっている。

「ああ、いきそうですっ、専務っ」

と史奈が叫ぶ。すると姫奈はすぐに、史奈のふたつの恥部から手を引いた。

「あんっ……」

史奈がむずがるように鼻を鳴らす。

姫奈はすぐさま、再び、俊哉の尻の穴に指を入れ、そしてペニスを摑むと、しごきはじめる。今度は我慢汁まみれの先端を撫でまわしてくる。

「あ、あんっ、あ、ああ、あんっ」

尻の穴が完全に性感帯と化していた。

「もっと泣くのよ、武田くんっ」

姫奈が男の急所の二カ所を責めてくる。

「ああ、出ますっ、いきますっ」

いくっ、と叫ぶ前に、また姫奈の両手が離れた。すぐに隣で、史奈が泣きはじめる。

「いい、いいっ」

俊哉はどろりと我慢汁を垂らしつつ、うらめしげに姫奈を見つめる。

「いきそうですっ、ああ、専務っ、史奈、いっていいですかっ」

と秘書が喘ぐが、姫奈は冷たく、

「だめっ、いったら、クビよ」

と突き放した。

「ああ、そんなっ……ああ、ああ、史奈、いきそうなのっ」

史奈は懸命に我慢している。その横顔を見ているだけでも、俊哉は出しそうになる。

「あ、あああっ……」

史奈の唇が、いく、と動く寸前で、またも姫奈が両手を引いた。

「疲れたわ。あなたたち、シックスナインをやりなさい」

と姫奈が命じる。自分で責めるのが疲れたから、部下同士で感じあいをさせようということか。

俊哉が裸のまま、厚いカーペットが敷かれたリビングの床に仰向けになる。

そこに、逆向きになった史奈が跨がってくる。割れ目はわずかに開いていて、そこから、濃厚な牝の匂いが発散されている。

史奈がぬちゃりと恥部を俊哉の顔面に押し付けてきた。すぐにでもいきたいようで、自らぐりぐりとぬかるみを押し付けてくる。

「う、うう……」

俊哉はうめきつつも、さっそく史奈の媚肉を舐めていく。

「ああっ、いいっ」

と史奈が喘ぐ。

「武田くんのおち×ぽも舐めてあげなさい」

そう言いながら、姫奈はテーブルに置いたワインのボトルから、グラスにワインを注《そそ》ぎ、唇へと運ぶ。

姫奈はニットのワンピース姿だった。バストの形はもろわかりで、裾はかなりのミニ丈だ。組んだ生足の付け根から、ちらちらと割れ目がのぞいている。

もちろん、家ではノーブラノーパンのようだ。

史奈が俊哉のペニスを咥えてきた。いきなり根元まで咥え、強く吸ってくる。

「ううっ」

と今度は俊哉がうめく。

やはり、シックスナインは刺激が強い。目の前には史奈のおま×こがあり、ペニスをその史奈が貪っているのだ。

すぐにまた、俊哉はいきそうになる。すると、それを敏感に察知した姫奈が、

「出したら、だめよ、武田くん。うちの会社、追い出されたくないでしょう」

「はいっ。絶対、出しませんっ」

ここは俊哉にとって天国の職場なのだ。ヒラのままでいいから、一生、真・福利厚生課として、姫奈たちに仕えたい。

俊哉が出しません、と言うなり、史奈はさらに強く吸ってきた。と同時に、さらに強くおま×こを顔面にこすりつけてくる。

「ううっ」

とうめきつつ、俊哉は史奈のクリトリスを口に含み、吸っていく。

「ああっ、いいっ、いきそうっ」

「いったら、クビよ、史奈。私は本気だから」

「いきませんっ、姫奈様っ」

と専務ではなく、様付けで姫奈を呼ぶ。

するとそれが気に入ったのか、

「武田くんも、姫奈様と呼ぶのよ」

と言う。

俊哉は、はい姫奈様、とすぐに返事をしたが、史奈が強くおま×こを押し付けていて、くぐもった声しか出ない。

「どうなのかしら。呼びたくないの」

と姫奈が問う。

姫奈様っ、姫奈様っ、と叫ぶものの、史奈のおま×こで口が塞がれ、うめき声しか出ない。

「あら、呼びたくないようね。困った部下ね」

姫奈が迫り、史奈に顔を上げるように言う。史奈がペニスから唇を引き上げるなり、姫奈が摑み、しごきはじめる。

「鎌首を咥えなさい」

と姫奈が史奈に命じ、史奈がしごいているペニスの先端を咥えてくる。と同時に、姫奈が尻の穴に指を入れてきた。

「う、ううっ、ううっ」

二カ所責めどころではなく、急所の三カ所責めに、おま×こ塞ぎも加わり、俊哉は頭の芯まで朦朧《もうろう》となっていく。

いつ暴発してもおかしくなかったが、そこは平リーマンの性で、専務の命令は絶対だと暴発を堪えた。

「出したら、即、出て行ってもらうから」

と言って、姫奈がしごき続ける。

「うう、ううっ」

俊哉は史奈のクリトリスを口に含むと、がりっと噛んだ。

「ひぃっ」

と叫び、史奈が腰を上げる。

「姫奈様っ、一生お仕えしますっ」

と叫びつつ、大量の我慢汁を流した。

「よし、ご褒美よ」

と史奈を押しやり、姫奈が俊哉の顔を長い足で跨ぐと、そのまま恥部を下ろしてきた。

自ら割れ目を開くと、むせんばかりの牝の匂いが俊哉の顔面を包んできた。

「ほら、いかせなさい」

と言って、ぬちゃぬちゃとおんなの粘膜をこすりつけてくる。

俊哉は、うめきつつ舌を出すと、ぬかるみの奥で激しく舌を上下させた。

「ああ、いいわ……そうよ、上手よ、武田くん」

姫奈様っ、と叫びつつ舐め続ける。同時にクリトリスを摘まみ、やや強めにひねった。すると、

「あっ、いく……いくいくっ」

とはやくも姫奈がいった。あらたな愛液を吐き出しながら、俊哉の顔面の上でがくんがくんと恥部を痙攣させる。

そして、クリトリスを俊哉の口に持ってくる。

「噛んでいいわ」

と姫奈が言う。わかりました、と俊哉は姫奈のクリトリスを口に含むと、歯を当てる。それだけで、姫奈のからだが震えだす。

俊哉は遠慮なく、がりっと専務の肉芽を噛んだ。

「あうっ、うう……」

姫奈のからだが激しい痙攣を起こす。

「うう、い、いくぅっ……」

姫奈はからだを痙攣させつつ、俊哉の顔面の上で向きを変えて、俊哉の股間に顔を寄せてきた。

我慢汁まみれのペニスにしゃぶりついてくる。

「ううっ……」

姫奈専務に吸い付かれ、俊哉ははやくも出そうになる。懸命に耐えて、さらに姫奈をいかせるべく、クリトリスを強く吸いつけた。

「いくいくっ」

ペニスから美貌を上げて、姫奈が叫ぶ。

「ああ、おま×こに欲しくなったわ」

姫奈が俊哉の顔面から恥部を引き上げると、また体の向きを変え、騎乗位で繋がってきた。

燃えるようなおんなの粘膜に、俊哉のペニスが包まれていく。

「ああっ、いいわ。このおち×ぽ、いいわっ」

火の息を吐くと、姫奈が腰をうねらせはじめる。

「ああっ、姫奈様っ、姫奈様っ」

「じっとしていないで、突きなさいっ」

と姫奈が命じる。

「ああ、でも、動かしたら、出ますっ」

「それはだめよ。勝手にいったらゆるさないわ。即、ここから全裸で追い出すわ。裸で帰りなさい」

姫奈なら、本当にやりかねないだろう。裸で追い出される姿を想像すると、なぜか、さらに太くなっていく。

「ああ、また大きくなったわっ……ああ、裸で追い出されたいのねっ」

「出しませんっ」

俊哉は歯を食いしばり、姫奈の媚肉を突きあげていく。

「いい、いいっ、もっと、もっとよっ」

と歓喜の声をあげつつ、姫奈自身も激しく上下させる。

「ああ、出そうですっ」

姫奈の上下動が激しすぎて、俊哉は限界が来ていた。

「ああ、もう、もう出ますっ」

「い、いいわっ、よく我慢したわねっ、出しなさい！」

限界を超えて頭が燃え上がった瞬間、姫奈の許可が出る。その途端、一気に姫奈の子宮めがけて射精していた。

「ひ、姫奈様あ！」

どくどくどくっ、と大量の白濁液を人妻専務の胎内に噴き上げる。

「あっ、熱いいっ、いくいくっ」

と叫び、姫奈が背を反らして悶絶した。

その間にも、俊哉は腰から下が無くなるような快感の中、射精し続けた。

やがて精液が勢いを失うころ、姫奈はくたりと体を倒し、火の息を俊哉に吹きかけながら、おま×こからペニスを抜いていった。

「ああ、最高よ……。やっぱり、おち×ぽでいくのがいいわね」

姫奈はとてもすっきりとした表情をしている。

「ああ姫奈様っ」

その表情を見ると、たちまち俊哉は勃起していた。

「史奈、あなたも、武田くんのおち×ぽでいきなさい」

と言って、姫奈は脇にころがる。

ありがとうございますっ、と史奈が俊哉の腰を跨ぎ、騎乗位で繋がってきた。

精液に塗れたペニスが、あらたなおんなの粘膜に包まれる。史奈のおま×こも姫奈同様にいきたがっているのが、ペニスを通じてひしひしと伝わってくる。

「史奈をいかせなさい、武田くん。もちろん、簡単にいってはだめよ」

隣でハアハアと荒い息を吐きつつ、姫奈がそう言うと、唇を寄せてきた。史奈と繋がっている俊哉の口に、ぬらりと舌を入れてくる。

「ううっ」

姫奈と史奈を一度に相手にして、俊哉はすぐさまいきそうになるが、ぎりぎり耐えて腰を突き上げ、舌をからめ続けた。

それから朝まで、姫奈と史奈はいきまくり、俊哉は寸止め責めを繰り返された。

## 5

一週間後——俊哉は飛行機でN市の空港に降り立つと、すぐさま、N駅再開発の現場に向かった。

午後三時前、現場に入ると、俊哉を見掛けた現場の男たちが、皆、希望の星がやってきたというような目で俊哉を見つめて、挨拶してきた。

俊哉がたった一週間留守にしている間に、現場監督の瑠理と監督助手の美菜がストレスをため込んでいるようだ。

俊哉はプレハブの休憩所に入ると、すぐさまジャケットを脱ぎ、ネクタイを緩め、ワイシャツを脱ぐ。スラックスをブリーフといっしょに下げると、弾けるようにペニスがあらわれる。

東京で姫奈と史奈の相手をしていたが、瑠理に会える（責められる）と思うと、それだけで勃起する。

俊哉は靴下も脱ぐと、あらためてネクタイだけを締め直し、小上がりの畳の上に寝る。ほどなくしてドアが開き、瑠理が入ってきた。

「お久しぶりです」

と寝たまま、挨拶する。

瑠理は一直線に小上がりにやってくると、綿パンを脱いだ。すると、いきなり割れ目があらわれた。ノーパンで仕事をしているようだ。

S建設のブルゾンを着たまま、瑠理は白い足で俊哉の股間を跨いでくる。まだ、瑠理からは挨拶もしていない。

瑠理の視線は、俊哉には向いていない。いや、俊哉には向いていたが、ペニスだけを見ている。

「素敵よ」

と言うと、ペニスを逆手で掴み、股間を下げてくる。

挨拶もなしに、いきなり結合か。

先端が割れ目に触れたと思った瞬間、すぐに燃えるような粘膜に包まれた。そのまま、ずぶずぶと呑み込まれていく。

「ああっ、おち×ぽっ」

と、感極まったように瑠理が叫ぶ。

「ああ……いいわ……これよ、これ……仕事場で味わうおち×ぽ、最高よっ」

瑠理は完全に咥えこむと、すぐさま、腰をうねらせはじめる。クリトリスを押し付けるようにして、のの字を描くように動かす。

「なにしているの。突いてっ、俊哉っ」

いきなり呼び捨てだ。

「はいっ、瑠理様っ」

と思わず、姫奈相手のくせが出てしまう。

「ああ、専務を様付けで呼んでいるのね、俊哉っ」

「はいっ」

「いいわねっ。私も様付けで呼ぶのよ、俊哉」

と言って、くいくいペニスを締めてくる。

「はいっ、瑠理様っ。突かせて頂きますっ」

俊哉は渾身の力を込めて、瑠理の媚肉を突き上げていく。

「いいっ、いいわっ」

いきなりハイテンションだ。おま×こはどろどろで、突きあげるたびに、ぴちゃぴちゃと淫らな蜜音がする。

「ああ、もう、いきそうっ、ああ、もういっちゃいそうよっ、俊哉っ」

「いってくださいっ。一週間溜めたぶん、吐き出してくださいっ」

本来なら、仕事の途中でいくのはよくないが、今日は特別だ。このままいかせた方が午後の仕事は捗《はかど》るだろう。それを、現場の人間も期待しているのだ。

俊哉は現場の人間の期待を一身に背負って、人妻現場監督を突きまくる。

「だめよっ、いったらだめ……」

と瑠理が急に腰のうねりを止めた。ここでいったら、午後の仕事に支障が出ると思ったのだろう。

いつもの俊哉なら、いっしょに責めを止めるところだったが、そのまま突き上げていく。臨機応変だ。

「ああ、だめだめ……ああ、だめよっ、俊哉っ」

「ほら、いってくださいっ、瑠理様っ」

俊哉はとどめの一撃を放った。

「ひいっ……いくっ」

短く叫び、瑠理は俊哉の腰の上で、S建設のブルゾンを着たままのからだを痙攣させた。


一時間後、今度は若妻の美菜のおま×こを、休憩室の小上がりで突き上げていた。

美菜も瑠理同様、すぐさま騎乗位でつながり、腰を振ってきた。

「いい、いい、おち×ぽいいのっ……」

美菜のおま×こも瑠理の媚肉に負けず、どろどろだった。まったく前戯無しにつながり、腰を振っている。

「もう、いきそう……ああ、いかせてっ……美菜、いきたいっ……」

「仕事、大丈夫ですか」

「大丈夫よっ……ああ、瑠理さん、休憩した後、すごく穏やかな顔になっているの。これなら、現場の雰囲気も一気に良くなるわっ……ああ、俊哉さんのおち×ぽのお陰よっ……ああ、美菜もいって、仕事頑張るわっ」

わかりました、と俊哉はとどめの一撃を見舞った。

「いくっ」

と美菜が歓喜の声をあげた。

美菜のいき顔を見ながら、俊哉は仕事の充実感を覚えた。


夜は瑠理の部屋で俊哉の歓迎会が開かれることになった。

といっても、準備はすべて俊哉の担当だ。

メニューとして焼肉を用意し、裸にネクタイ姿で待つ俊哉。

そこへ帰ってきた瑠理と美菜は、さっそく反り返ったペニスに手を伸ばし、摑んでくる。

「ああ、帰ると、おち×ぽがあるのはいいわね」

「おち×ぽを思いながら、ずっと仕事をしていました」

ふたりは愛おしそうに俊哉のペニスに頬ずりしている。

真・福利厚生課の仕事はこれからだった。


（了）

※本作品はフィクションです。作品内に登場する
団体、人物、地域等は実在のものとは関係ありません。

# 責《せ》め好《ず》き人妻《ひとづま》のとりこ

〈書き下ろし長編官能小説〉
2024年1月16日初版第一刷発行

著者……………………………………………八神淳一

デザイン………………………………………小林厚二

発行人…………………………………………後藤明信
発行所……………………………………株式会社竹書房
〒102-0075 東京都千代田区三番町8-1
三番町東急ビル6F
email：info@takeshobo.co.jp
竹書房ホームページ http://www.takeshobo.co.jp
印刷所…………………………中央精版印刷株式会社

■定価はカバーに表示してあります。
■落丁・乱丁があった場合は、furyo@takeshobo.co.jp までメールにてお問い合わせください。